LE CAFÉ SUSPENDU

DU MÊME AUTEUR

Ma place sur la photo, Grasset, 2004.
Chicken Street, Grasset, 2005.
Le Vieux Juif blonde, Grasset, 2006.
Thalasso, L'Avant-Scène théâtre, 2007.
Madeleine, Stock, 2007.
Keith me, Stock, 2008.
Les Terres saintes, Stock, 2010.
Liberace, Plon, 2010.
Rompre le charme, Stock, 2012.
Le Lien, suivi de Monsieur Pipi, Flammarion, 2012.
Dans mes yeux, Plon, 2013.
Les Érections américaines, Flammarion, 2013.
Les Promesses, Grasset, 2015.
De l'infidélité, Plon, 2018.
Lettre d'amour sans le dire, Grasset, 2020.

AMANDA STHERS

LE CAFÉ SUSPENDU

roman

BERNARD GRASSET
PARIS

Photo de la bande : © Ferdinando Scianna / Magnum Photos

ISBN : 978-2-246-83152-5

« Et puis, il y a ceux que l'on croise, que l'on connaît à peine, qui vous disent un mot, une phrase, vous accordent une minute, une demi-heure et changent le cours de votre vie. »

Victor Hugo

Pour mon ami Morgan S,
dont la générosité m'a un jour bouleversée.

OUVERTURE
(à l'italienne)

Si vous fermez les yeux, vous entendrez les linges qui dansent au vent comme autant d'étendards, les mâts clinquants des bateaux, les voix qui rient ou crient au loin, la mer Tyrrhénienne qui s'en va et revient, quelques Vespa agiles, et tout ce chœur improvisé vous dira qu'un chemin est gravé sous les semelles de ceux qui foulent les pavés napolitains. Il y a dans Naples une injonction organique, une boucle de l'Histoire à laquelle on doit se soumettre, une sensation aiguë du destin. On ne peut échapper à ce que cette ville a inscrit dans le livre de notre vie, on doit s'y résoudre comme on s'abandonne malgré la peur dans les bras de l'être aimé.

Mon nom est Jacques Madelin, j'ai soixante-douze ans. Je suis français mais une histoire m'a mené dans la baie de Naples il y a quarante-deux années. J'ai perdu l'amour mais je suis resté dans la ville. Je vis dans un petit appartement au-dessus du bar de Mauricio Licelle, mon meilleur ami. Le café Nube appartenait à son père et son grand-père avant lui. Nube veut dire nuage ; de lait, de pluie, dessin dans le ciel ou annonce d'un orage. Nuage comme le flou de mon cœur incapable d'aimer à nouveau.

Lorsqu'on commande un café à Naples, on peut en régler un second indiqué sur l'ardoise du bar comme un café sospeso : un café suspendu, offert à qui entrera sans avoir les moyens d'en payer une tasse. Certains disent que cette tradition a été initiée lors des années douloureuses de la Seconde Guerre mondiale, elle serait née de l'habitude d'une bande de copains qui laissaient toujours un peu plus d'argent car ils ne savaient jamais lequel d'entre eux avait pensé à régler l'addition ; certains la font remonter au dix-neuvième siècle, lorsqu'il existait encore des cafetiers ambulants qui se promenaient avec deux gros récipients, l'un empli de café et l'autre de lait. Quand ils croisaient un malheureux, ils lui tendaient le café suspendu qu'un homme plus fortuné avait payé avec le sien, par solidarité et sans doute, dans ce pays imprégné de chrétienté, par charité. Un ami m'a dit que je me trompais, que c'est le fameux acteur Totò, proche de ses racines et généreux, qui en était l'instigateur. Peu importe son origine, le café sospeso vit encore aujourd'hui. On a beau faire une mauvaise réputation à Naples et recommander de prêter attention à son sac quand on s'y promène, il y a des tasses fumantes de générosité partout dans la ville.

Je suis caricaturiste de profession. Le soir, sur la piazza del Plebiscito, je croque les touristes de passage. Parfois, je ne veux pas aller si loin et je marche quelques minutes jusqu'à la piazza del Mercato. La journée, j'écris dans un coin du café. Mauricio accomplit toujours les gestes de la matinée de façon identique et dans le même ordre. À sept heures, il ouvre la porte en fer, recule de quelques pas pour admirer son palais depuis le milieu de la rue, on dirait un enfant qui aurait grandi dans la nuit. Parfois, on sent encore l'odeur du poisson fraîchement livré au restaurant de la rue derrière. Marcello entre. Il allume une seule lumière, cela suffit. Le bar est propre mais il l'inspecte. Bientôt, on lui portera les cornetti à la crème de la boulangerie de sa cousine et il les installera dans la petite vitrine au bout du bar. Dans l'arrière-boutique, il dépose son veston sur un crochet, déboutonne sa chemise et reste en débardeur blanc. Il s'empare d'un sac en toile de jute plein de grains de café et remplit la machine par une trappe qui s'ouvre sur le haut. Il s'assure qu'elle est bien fixée à l'arrivée d'eau et l'allume. Le petit voyant rouge déclenche alors en lui une satisfaction qui s'exprime souvent par un sourire. Tandis que l'eau chauffe, il trace le menu du jour d'une écriture précise. Sa femme Maddalena cuisine dans leur appartement juste en face, il ira chercher les grands plats recouverts de papier d'aluminium en fin de matinée. Après le service, ils déjeuneront ensemble, feront la sieste et Mauricio redescendra pour ouvrir le bar à seize heures trente précises. Quand il écrit le repas au tableau, il pense toujours « encore quelques heures et c'est à mon tour de manger ! ». S'il ne reste pas de café suspendu de la veille à l'ardoise, Mauricio en indique un. Puis, il fait couler le premier café de la journée et le boit. Court. Très chaud. Légère crème couleur noisette. L'espresso italien a la pointe d'amertume qu'il faut pour marquer le palais, loin du café apprécié par les puristes, trop torréfié selon eux, charbonneux alors qu'il devrait avoir des parfums fermentés comme le vin. Je ne suis pas un spécialiste mais jamais je n'ai goûté de café meilleur que dans le sud de l'Italie. Rares sont ceux qui s'asseyent pour boire leur café. Les petits déjeuners s'avalent au bar dans une cohue joyeuse, jus d'orange sanguine mêlé à la grenade débarrassée de ses pépins par une machine qui n'existe qu'à Naples, gourmandises englouties à la va-vite, du sucre plein les mains. Blagues à la criée. On croirait les salles de marchés boursiers de l'époque où tout le monde hurlait pour vendre et acheter. Nul ne veut rater cette plongée matinale dans la vie.

Même les vieux se calent contre le comptoir. Sur les banquettes, on retrouve les dodus, ceux qui comptent rester, ceux qui doivent convaincre une femme de se déshabiller, un homme de signer un chèque, un père de les écouter enfin, et moi, assis avec mon stylo comme dans un bistrot français à ma place habituelle, à l'angle droit du café Nube. Certains retirent leurs alliances chaque matin. Quand une femme entre, il y a un frémissement dont elle se réjouit, les regards s'unissent pour célébrer sa beauté, les voix se font plus fortes sans agressivité. Il faut en être témoin pour comprendre comment les Napolitains regardent les femmes. Un sourire, un café et on s'en va dans la ville sous les yeux du Vésuve. Mauricio aime à me rappeler qu'il est considéré comme le volcan le plus dangereux du monde avec un ton de fierté, comme si cela glorifiait la masculinité napolitaine.

Avant d'être ce liquide noir, le café est un fruit rouge, il suit le chemin de l'amour. Les grains naissent dans des caféiers, petits arbustes qui vivent cachés à l'ombre des sous-bois, si on ouvre leurs fruits charnus, on trouve deux grains verts qui attendent d'être moulus, broyés de chagrin, réduits à la couleur de la cendre. Il m'a fallu du temps pour comprendre que le monde des impressions dépasse de beaucoup celui que l'on considère comme réel. Il y a dans ce qu'on appelle l'intuition, la part essentielle de la vie. Nommez-la : instinct, sensation, atmosphère ; je pense tout simplement à l'espace qui contient l'amour, abrite la haine avant qu'elle ne se loge dans les poings, l'espoir qui fait courir plus vite, la peur aussi, le dégoût, la méchanceté, et le plaisir avant qu'il ne devienne orgasme. J'ai toujours su que mon ouvrage consistait à appréhender cette abstraction pour en faire des mots, des images, des valses d'émotion afin de lui donner une forme. Chaque artiste tire cette couverture invisible du côté qu'il croit être juste ; parfois il prend sa revanche sur la surdité des autres à ce qui l'a fait souffrir, souvent, il pense détenir le secret de la morale. Aujourd'hui, j'ai la conviction que faire le bien c'est avant tout accepter les émotions flottantes sans laisser leurs ondes sales nous articuler tels des pantins de chair. Maintenant que je vieillis, j'ai l'impression qu'une tasse de café suspendu a parfois plus de valeur qu'une œuvre d'art. Du côté de celui qui laisse comme de celui qui reçoit, la vie passe dans cette tasse qu'on tend dans son imaginaire ou qu'on accepte de mains inconnues. Ce qu'on offre, ce n'est pas un café, c'est le monde autour, du chahut à partager, des regards à croiser, des gens à aimer.

Voici un récit fait de sept histoires que j'ai recueillies par bribes au café Nube pendant les quarante dernières années, toutes sont liées par ce fil invisible qu'est le café suspendu.

La peau du crocodile
1982

Il n'y a pas de crocodile à Naples mais un spécimen rare a vécu dans le Maschio Angioino, un château médiéval construit au treizième siècle lorsque la ville est devenue la capitale du royaume de Sicile à la place de Palerme. On l'a retapé à la Renaissance mais il est resté assez laid. Aujourd'hui, le bâtiment est un simple musée mais jadis, en plus d'avoir été utilisé pour stocker des céréales, ses donjons ont renfermé les criminels les plus dangereux de la région. Malgré les murs épais et une surveillance étroite, ceux-ci parvenaient régulièrement à s'échapper à la barbe des gardes sans être jamais retrouvés. Après des mois d'enquête, on comprit qu'un navire avait rapporté d'Afrique à son bord un immense crocodile qui se pourléchait les babines à l'odeur des détenus et en avait fait son repas favori. Il se murmurait que le reptile, qui devait servir la vengeance d'un marin cocu, avait pris la fuite dès l'ancre jetée dans le port. Naples ne se contente jamais d'une façon de raconter une histoire : aussi, dans les quartiers du nord de la ville, on disait que le reptile venait en réalité d'Égypte et qu'il servait à faire dévorer les amants encombrants de la reine Jeanne II. Cette version est la favorite des écrivains, elle fut immortalisée par Croce et Dumas. Quoi qu'il en soit, le crocodile n'avait jamais été vu, mais des empreintes aux alentours de la forteresse trahissaient sa présence et certains juraient avoir aperçu sa queue écaillée glisser dans les couloirs du château. Toute la garde se mobilisa, aidée de la maréchaussée. On posta deux hommes dans la tour pour scruter les environs sans relâche. Cela aurait pu durer longtemps car les vieux crocodiles sont capables de tenir deux années dans un état de léthargie sans avaler une bouchée, subsistant sur leurs réserves. Heureusement, celui-ci était un adolescent (en âge de crocodile) gourmand de surcroît. Après plusieurs jours de chasse où l'on perdit des braves, l'animal fut finalement capturé par un simple garde à l'aide d'une jambe de vache qui servit d'appât ou, selon les quartiers du nord, grâce au célèbre Ferrante D'Aragona qui l'étouffa avec une cuisse de cheval. On le fit empailler en grande pompe pour décorer la porte d'entrée du château.

C'est aujourd'hui une légende qu'on aime raconter aux enfants. Peu de gens savent en revanche que le bas-ventre de l'animal, caché contre le mur qu'il orne désormais, est cousu de tissus. Un morceau de sa peau écaillée a servi à fabriquer un sac à la couleur étrange et au raffinement exquis que Fernanda porte à son bras aujourd'hui et dont elle extrait un mouchoir. Benedetto lui a raconté l'origine de son sac en le lui offrant pour leurs vingt ans de mariage. Il tenait cette information de l'antiquaire de via San Gregorio Armeno à qui il avait acheté cette pièce rare et mystérieuse, à la fois immonde et attirante, comme Fernanda elle-même.

Luigi, le petit brocanteur moustachu, maigre mais au ventre proéminent, roublard et malin comme un singe, racontait les histoires les plus saugrenues autour de chacune des curiosités de sa boutique. Cela devenait une part de l'objet lui-même. L'important était-il que ses anecdotes soient vraies ou que l'on veuille y croire et puisse les répéter à son tour ? Son échoppe mythique, située au centre d'une ruelle étroite du vieux Naples, exposait pêle-mêle des bijoux anciens, des fourrures, des sacs précieux et des ensembles de crèches typiques de la région, figurines de terre cuite ou de bois ; mangeoires-lits faits à la main, statuettes de Pulcinella et paires de tambourins napolitains, mais aussi des livres de magie et grigris africains.

Il vendait également de la boutargue, des anchois frais et du cacao originaire du Pérou. Luigi ajouta sur le ton du secret que le sac avait des vertus, il transformait la vie de ses propriétaires comme les crocodiles font peau neuve. Malgré son imagination débordante, Luigi n'aurait jamais pu penser en vendant ce sac à Benedetto que sa femme Fernanda s'y agripperait le lendemain avec désespoir ni qu'il serait, en effet, le début d'une mue et l'un des personnages d'une aventure rocambolesque. Le crocodile du château n'avait pas dit son dernier mot.

Fernanda ne savait pas que je l'observais depuis le balcon de ma fenêtre alors qu'elle ravalait ses larmes en regardant discrètement l'intérieur du café Nube. Sa laideur classieuse me fascina sur-le-champ et la tristesse ne faisait qu'ajouter à sa figure tragique. J'ignorais alors ce qui se jouait.

Si j'avais pu voir l'intérieur du café, j'aurais reconnu les protagonistes d'une histoire qui avait commencé deux mois plus tôt, vers la fin mars. J'étais assis au fond du café, à ma place de prédilection, quand Benedetto Livari entra de bon matin. Benedetto n'était pas un habitué mais, ce jour-là, il attendait neuf heures pour sonner chez un de ses locataires qui ne le payait plus depuis des mois. Benedetto, dont les cheveux originellement d'un roux terne étaient désormais blancs, possédait grand nombre de biens immobiliers et hôtels à travers Naples, Ravello et Positano ; une entreprise florissante de yaourts au citron et une chapellerie qui produisait des feutres de toute beauté seuls capables de rivaliser avec les Borsalino, ses ennemis jurés. Quand les choses lui résistaient, Benedetto n'envoyait jamais ses employés, il préférait régler les problèmes en personne. Cela lui donnait la satisfaction de pouvoir. Il s'apprêtait donc à sonner chez ce malotru et à le déloger s'il ne le payait pas sur-le-champ.

Depuis son réveil, il s'était conditionné pour être d'humeur bourrue. Une chaleur inhabituelle, levée avant le soleil, l'écrasait. Il commanda son café et s'assit. Lui qui habituellement se tenait debout au bar se sentait fatigué, triste même. Il perdait goût à ses rituels qui lui semblaient jadis réconfortants mais ne ressemblaient plus qu'à l'embout d'un entonnoir, une existence étroite et sans amplitude dont les perspectives ne cessaient de se réduire. Benedetto se demandait si ses belles années n'étaient pas derrière lui et s'il était possible que ses pieds aient grandi tant ses chaussures lui faisaient mal, quand la passion fit son entrée au Nube en la personne de Silvia Preziosa, ma voisine de palier. Encombrée de seins volumineux, à l'étroit dans une robe rouge vif, son petit chien Fusilli dans les bras, elle demanda comme chaque matin s'il y avait un café suspendu à l'ardoise. Sans attendre la réponse de Mauricio, Benedetto s'empressa de dire qu'il le lui offrait et qu'elle « éclairait sa matinée », une formule de politesse pour un Napolitain qui s'adresse à une femme. Il ajouta qu'elle le rendrait le plus heureux des hommes si elle voulait bien s'asseoir à sa table, et sa commande s'agrémenta de deux oranges pressées, de granités, de fruits, de ricotta et de biscuits pour qu'elle comprenne l'exaltation de Benedetto. Ce dernier ne laissait jamais de café suspendu, il avait en horreur les « scugnizzi », ces enfants des rues qui vivaient au jour le jour ; il refusait de cautionner cette liberté sauvage, mais un café pour une jolie femme, ça oui ! À la vue de Silvia, son épuisement l'avait quitté, la vieillesse qu'il croyait sentir rôder dix minutes auparavant n'était plus qu'un horizon lointain et il avait oublié ses mocassins étroits. Les joues de Silvia s'empourprèrent. Assortie à sa robe, elle se confondit en excuses : elle était si étourdie ! Elle avait laissé les clés chez elle en allant sortir le chien et elle se retrouvait enfermée dehors sans argent...

Nous l'avions déjà entendu débiter ce refrain à plusieurs occasions mais elle était si convaincante que même les habitués du café Nube y croyaient. La mécanique de son imaginaire s'améliorait toujours et le cumul de détails habillait son récit à merveille. Ce matin-là, Benedetto oublia tout : le locataire insolvable, sa tristesse, ses colères et, surtout, l'alliance à son doigt boudiné.

À l'heure du déjeuner, Silvia pleurait dans ses bras en lui racontant son enfance tragique à Palerme et comme les hommes avaient profité d'elle sans jamais la protéger. Benedetto ne se souciait plus du tout de sa mission matinale, il buvait ses paroles, se sentait puissant et valeureux. Il avait la trempe d'un sauveur ! Alors qu'il ne se l'était pas encore formulé clairement, il pressentait que la dernière partie de sa vie s'articulerait dans les mouvements d'épaule de cette femme sensuelle, la tête blottie entre ses énormes seins. Benedetto avait une peau usée par le soleil et son nez semblait avoir été grignoté par le temps. Il gardait cependant l'attitude de ceux qui ont plu dans leur jeunesse, une forme d'assurance qui suffit à conférer aux hommes un charme fou. Il raccompagna Silvia chastement au bas de l'immeuble d'une amie qui avait un double de ses clés. Il la supplia de la revoir et finit par lui arracher un rendez-vous la semaine suivante, à la même heure, au café Nube, après lui avoir assuré que la bague à son annulaire n'était qu'un simple vestige de la déroute de son mariage et que son divorce était en cours.

J'imagine qu'il marcha le cœur léger jusqu'à son bureau, qu'il plaisanta, tarda à rentrer à la maison et trouva, à peine la porte franchie, qu'il faisait froid chez lui, que le menu était ennuyeux, Fernanda grise, ses enfants bruyants et son monde étroit, qu'il chercha toutes les taches de rouge dans son mobilier pour garder en tête le souvenir potelé et vivant de Silvia moulée dans sa robe coquelicot. La semaine qui passa dut lui paraître longue. Silvia et moi fumions des cigarettes sur le balcon que partageaient nos appartements. Elle m'avoua qu'elle trouvait réjouissante l'idée d'être riche, qu'elle avait été cruche et respectueuse toute sa vie et qu'elle en avait assez. Ses beaux jours étaient comptés. « Regarde ces rides autour de mes yeux, bientôt je serai craquelée de la tête aux pieds comme un vase japonais ! » Elle n'allait pas laisser Benedetto passer.

Silvia avait souffert, on l'avait battue, humiliée. Trompée par les hommes qu'elle avait aimés passionnément, elle savait pourtant comment s'y prendre quand elle n'était pas amoureuse, à quel moment baisser les yeux, jouer les timides, se refuser et enfin s'offrir tout en laissant le sentiment qu'elle cachait des parts de mystère à saisir. Je l'avais vue grandir, pour ne pas dire vieillir, perdre ses illusions, et le bruit de la clé dans sa porte le soir n'était plus le même que lorsqu'elle avait emménagé, insouciante, précipitée et chargée de rêves. Elle voyait Benedetto Livari comme sa dernière chance de revanche, ce serait déjà bien assez car le bonheur semblait ne pas vouloir loger dans sa vie. Dès leur second rendez-vous, Benedetto était mordu et c'est à elle qu'il pensait en achetant ce bout de crocodile à fermoir doré comme ultime cadeau d'anniversaire de mariage. Il avait prévu de dire à Fernanda qu'il la quittait lors des fêtes de Pâques après la visite de sa sœur. Il ne passerait pas un été de plus sans Silvia.

Un mois après leur rencontre, dans le lit à baldaquins de Silvia qui grinçait au-dessus du café Nube, Benedetto lui fit l'amour, assez piteusement, mais les hurlements de Silvia l'autorisèrent à croire en son pouvoir, ce qui rendit sa seconde tentative plus audacieuse, et sa troisième remarquable compte tenu de son âge et de ses piètres compétences en la matière. Silvia n'eut même pas à simuler tout le temps. Lorsque le raffut s'arrêta, Mauricio ravi et hilare offrit une tournée générale sous les applaudissements qui résonnaient jusque dans la chambre. Les amants allumèrent une cigarette pour deux comme des adolescents, et me demandèrent depuis le balcon, alors que j'étais en bas à la terrasse, si je voulais bien leur monter une des fameuses panacotta du café Nube. L'accent napolitain de Benedetto était marqué et il usait d'expressions cocasses, connues seulement par ceux qui comme lui avaient eu cette ville pour berceau. Silvia comprenait tout mais répondait dans un italien sophistiqué. Elle avait mis un temps infini à l'apprivoiser et le soignait comme sa peau qu'elle hydratait plusieurs fois par jour. Quand elle demanda à Benedetto s'il parlait également italien, l'italien de Milan, une langue qui semblait aller avec son compte en banque, il lui répondit en riant « Mais pour quoi faire ? Je suis napolitain, nous vivons à Naples, dans ma langue il y a cent cinquante façons de dire idiot, je les connais toutes, et un jour je te les apprendrai ! C'est la plus belle langue du monde ! Tu ne voudrais pas t'habiller en haillons, princesse ? Le napolitain, c'est mon costume, tu comprends ? ». Il finit son explication en lui mettant une pleine main aux fesses. Ils ricanaient, se bécotaient, les gens amoureux sont toujours puérils et agaçants. Du linge séchait devant la fenêtre de Silvia, une nuisette et des dessous rouges. Sa grand-mère lui avait appris à toujours porter la couleur de la passion pour empêcher le mauvais œil de s'abattre sur son destin. Elle avait oublié que c'était aussi la teinte du danger. Benedetto la regardait avec des yeux de merlan frit, c'était si beau, si simple, il retrouvait la morsure délicieuse des débuts de l'amour. Silvia tremblait qu'il s'en aille comme on a peur de perdre un billet de loterie dans une bourrasque et le suppliait de ne pas retourner chez lui, de ne plus la laisser trop longtemps seule. Il ne rentra que quelques heures cette nuit-là et repartit, prétextant un rendez-vous professionnel à quelques heures de route. Chargé de phéromones, il n'avait plus besoin de sommeil.

Ce que Benedetto ignorait, c'est que Fernanda l'avait pris en filature. Depuis plusieurs semaines, il ne mangeait plus de dessert, se parfumait à outrance et sifflait sous la douche. Cela avait suffi à son épouse pour comprendre que le danger rôdait autour de leur existence. Elle s'était imaginé un simple désir pour une autre, sans savoir que les hommes d'âge mûr, tout comme les jeunes femmes, le confondent facilement avec l'amour. Fernanda, tel un détective dans une mauvaise série B, s'accoutra d'un trench et recouvrit la moitié de son visage de lunettes noires à la Jackie Kennedy qui lui donnaient l'allure d'une vieille mouche. La vie de Fernanda était tissée de ses efforts, ses mensonges et ses luttes. Aussi quand, accrochée à son sac en crocodile, elle vit son mari attablé avec cette belle femme, elle en fut certes blessée mais pas offensée comme aurait pu l'être une personne qui penserait que les choses lui sont dues. Une fois son cœur pincé et le danger identifié, elle alla chercher en elle la solution. Que voulait-elle ? Se séparer de Benedetto ? Il n'en était pas question. Est-ce qu'il me voit comme une vieille peau ?

Comme ce sac ? pensait Fernanda. Et au milieu de questions logiques se bousculaient des images… Où part l'odeur des fleurs quand elles fanent ? Où va l'amour quand il s'en va ? Est-ce qu'on parle pour qu'on nous entende ? Est-ce qu'on aime pour l'être en retour ? Est-ce qu'on pleure pareil toute seule ?

Elle observait Benedetto par la fenêtre du café Nube. Il n'était plus le bel homme qu'il avait été. Tempes dégarnies, joues creusées et bedon naissant lui donnaient pourtant une allure touchante aux yeux de sa femme. Fernanda avait fait le chemin inverse, de soins du visage en coiffeur dispendieux, elle avait transformé sa laideur en allure. Lorsque le couple adultère sortit du café après des promesses inaudibles mais assez expressives pour que Fernanda panique, il se sépara après un dernier baiser passionné. Le ventre noué, Fernanda laissa son mari s'éloigner et suivit sa rivale dans l'autre direction. Silvia n'était pas parfaite, elle avait des fesses un peu plus que rebondies, des seins opulents, une taille fine, ce qui lui donnait l'allure d'un sablier charnu. Elle monta dans un taxi pour se rendre via dei Mille et Fernanda faillit la perdre mais parvint à la retrouver dans les embouteillages napolitains à l'aide de son fidèle chauffeur, un moustachu du nom de Flavio qui économisait en secret pour épiler ses moustaches, couper et implanter des bouts de chair et se faire rebaptiser Flavia. On eût dit un très mauvais thriller au ralenti, le taxi était presque à l'arrêt, accessible en deux enjambées dans le brouhaha des klaxons et injures locales typiques d'une heure de pointe (*Polentoni fascisti ! Rompiscatole ! Porca ! Puttana troia !* et autres réjouissances...). Les feux rouges ont toujours été optionnels pour les conducteurs napolitains chevronnés, avec pour résultat un chaos absolu où tout le monde est coincé mais se satisfait d'un sentiment de liberté totale. Impatiente et excédée par le trafic, Silvia claqua la porte du taxi et finit à pied. Benedetto lui avait donné une liasse de billets et lui avait ordonné de s'offrir les plus jolies robes d'été. Il projetait de l'emmener en croisière et de s'arrêter chez de vieux amis à Capri pour la leur présenter comme on expose un trophée de chasse. Essoufflée par la peur plus que par sa marche rapide, Fernanda suivit sa rivale dans la boutique et se glissa dans la cabine mitoyenne avec une robe identique, une taille en dessous. Au même moment, à l'autre bout de la ville, Benedetto pénétrait dans l'immeuble d'architecture mussolinienne qui abritait le cabinet de maître Pericone, un avocat spécialisé dans le droit de la famille, afin d'établir la façon de divorcer la plus efficace et la moins dispendieuse. (Détail du destin facétieux :

un jour, maître Pericone tombera follement amoureux d'une certaine Flavia qui ne pourra lui donner d'enfant mais lui taillera des pipes comme seul un homme peut le faire et ensemble ils évoqueront les noms de Benedetto et Fernanda sans qu'aucun puisse avouer les circonstances de leur rencontre.) Les deux femmes sortirent ensemble de leurs cabines avec des tenues semblables. Ce qui était d'un chic fou porté par Fernanda devenait extrêmement sexy sur Silvia.

« Ça alors, c'est amusant ! » s'exclama la belle pulpeuse.

Fernanda la toisa des pieds à la tête et ravala ses larmes. La vendeuse ne savait comment vendre un article porté simultanément et de façon si différente.

« Deux femmes, deux robes mais vous êtes toutes les deux magnifiques ! »

« Ça ne me dérange pas d'avoir la même ! C'est amusant, on dirait des petites filles en uniforme. Et puis on voit que vous avez la classe… » reprit Silvia.

Elle était aimable, semblait gentille, mais Fernanda ne parvint pas à sourire, son sang-froid n'opérait plus et son cœur battait la chamade. Elle se rua dans la cabine, se déshabilla au plus vite, sortit de la boutique puis se ravisa alors qu'elle s'approchait de sa voiture. Après tout, elle n'avait pas à avoir honte, elle était une femme d'affaires, elle n'allait pas traiter le problème comme toutes les femmes au foyer éplorées. Non, Fernanda comptait agir ! Elle aurait bien voulu fumer à un moment pareil, seule dans la rue. Le mouvement de la cigarette à sa bouche lui aurait sans doute donné une contenance, elle aurait semblé moins tarte. Alors qu'elle l'attendait depuis une vingtaine de minutes devant la boutique, Silvia déboula enfin, encombrée de sacs plus que de remords. Fernanda s'avança vers elle, la tête haute. Dans un souffle clair et tranchant, elle lui cracha des mots simples au visage :

« Je suis Fernanda, l'épouse de Benedetto. »

Un temps.

« Je… Je ne comprends pas. »

Silvia semblait perdue, comme on met du temps à habituer ses yeux à la pénombre, mais la voix de Fernanda était ferme et sa posture impeccable se voulait rassurante.

« Je suis certaine que si, mais ne vous affolez pas. Je ne désire pas de scandale. Pouvons-nous juste partager un café toutes les deux ? »

Silvia marqua un arrêt mais Fernanda lui ordonna de marcher d'un simple mouvement de tête. Elles montèrent dans la voiture. Silvia se mit à trembler.

« Je ne vous ferai pas de mal, ne vous inquiétez pas. Je ne suis pas une cocue hystérique. »

Les deux femmes roulèrent en silence sous l'œil curieux du chauffeur dans le rétroviseur. Il les reluquait et se demandait s'il préférait qu'on lui implante de gros seins sensuels à la façon de Silvia, ou une poitrine ferme et légère qui affinait la silhouette entière, comme celle de Fernanda. Elle avait indiqué le café Nube à Flavio qui fonçait dans les rues de la ville à bord de la vieille Mercedes, « c'est très charmant » avait-elle repris comme si Silvia ne connaissait pas l'endroit. Fernanda aimait les boucles, cela lui plaisait que ce qui avait été découvert en cet endroit se règle ici aussi. Elle ignorait que c'était également le lieu de la rencontre de son mari et sa maîtresse et qu'elle faisait de moi un voyeur comblé lorsqu'elle s'assit sur une banquette, à côté de ma place habituelle au fond de l'établissement. Silvia avait du mal à faire tenir son gros sac sur une chaise et le posa près de moi en jetant une œillade digne d'un appel au secours. Je fis alors mine d'écrire mais j'écoutais la moindre bribe de conversation. Fernanda commanda deux cafés sans demander à Silvia si cela lui convenait.

« Je n'ai pas l'habitude de prendre des chemins de traverse, je vais être claire et précise : combien voulez-vous ?

— Pour ?

— Pour disparaître.

— Cette fois je ne comprends vraiment pas.

— Mon mari avait un certain attrait quand je l'ai épousé mais aujourd'hui son portefeuille est beaucoup plus séduisant que le reste, il se trouve que son portefeuille, c'est moi. Il est à l'heure actuelle chez maître Pericone qu'il ignore être un ami de la famille et qui lui signifiera que tout m'appartient. S'il me quitte, ce sera une main devant et une main derrière. Je vous assure que pauvre, vous lui trouverez beaucoup moins de charme. Il est à moi, vous comprenez ? Nous avons deux enfants. J'y suis attachée ainsi qu'aux convenances. Je suis prête à financer votre départ de sa vie de façon à ce qu'il me revienne sans chagrin d'amour violent.

— Je ne suis pas une prostituée, madame.

— Justement, que diriez-vous de deux millions de lires pour ne plus coucher avec mon mari ? Lui dire que vous êtes enceinte d'un autre homme. Et disparaître pour rejoindre un ami imaginaire sans jamais faire machine arrière ? »

Silvia marqua une légère hésitation. Aucun jeu télévisé ne m'avait jamais fait palpiter de la sorte. Je ne respirais plus de peur qu'elles n'aillent continuer leur discussion plus loin.

« Quatre millions, articula Silvia avec douceur.

— Pour une jeune femme bien sous tous rapports, vous avez le sens de la démesure.

— Je ne veux pas regretter.

— Où irez-vous avec cet argent ?

— Je ne sais pas.

— Décidez-vous. Et ne me parlez pas de Capri ni même de Rome. Je vous demande d'aller loin. Pensez exotique ! dit-elle en tenant son crocodile comme un bouclier.

— Vous avez un très joli sac. »

Un rendez-vous fut pris le matin suivant pour procéder au transfert de fonds et régler les détails du déménagement de Silvia. Fernanda demanda à ce que les mesures soient applicables immédiatement, serra la main de l'ennemie qu'elle avait soumise au pouvoir de l'argent, puis elle se leva avec un sourire de courtoisie. Sans me jeter un regard, elle me souffla : « Nous nous reverrons. »

Au même moment, Benedetto tapait du poing sur la table. Il devait bien y avoir un moyen ! Certes, Fernanda avait initié les affaires et le départ de cette fortune était son bien immobilier hérité de sa grand-mère mais depuis des années c'était lui, lui Benedetto qui gérait le groupe d'une main de maître ! Maître Pericone devait le comprendre, il ne pouvait être bloqué pour toujours avec la même femme ! Il devait récupérer une partie de cet argent, des sociétés qui étaient les siennes également ! « C'est légitime, n'est-ce pas ? » Puis Benedetto lui souffla, mielleux, que sa douce avait des sacrées copines et qu'avec son statut d'avocat et sa barbe taillée en pointe, il pourrait faire des ravages dans ce petit groupe de femmes sensuelles et peu farouches. Cette attention remua maître Pericone qui baissa le ton de sa voix... Il existait bien un moyen mais il n'était pas tout à fait légal et maître Pericone ne pouvait décemment conseiller à Benedetto de procéder de la sorte. Il voulait bien, en dehors du cabinet, disons à une table de restaurant, lui dire toutes les choses affreuses qu'il ne fallait surtout pas faire. Ensuite, Benedetto oublierait ce qu'il avait entendu, et maître Pericone ne serait responsable de rien. Les deux hommes se sourirent satisfaits, un souper fut fixé le lendemain. Les principes sont faits pour être accommodés à la sauce de chacun.

Le soir même, je dînais chez Mauricio et sa femme Maddalena, je leur racontais toute l'histoire. Ils ne pouvaient en croire leurs oreilles mais je leur jurais que je n'avais rien inventé. Nous avons ri jusque tard dans la nuit et Maddalena raconta avec humour qu'elle aurait au contraire donné de l'argent à Silvia pour qu'elle embarque son mari au loin !

Ailleurs dans la ville, Fernanda regardait Benedetto dormir avec le sourire satisfait d'un homme transi. Il était touchant, même amoureux d'une autre, pensa Fernanda traversée de sentiments contradictoires. Son envie de revanche était adoucie par l'affection que se portent les êtres en couple depuis si longtemps que leurs odeurs se confondent. Elle se souvenait précisément de la première fois qu'elle avait vu Benedetto. Ses cheveux roux avaient allumé un feu dans son ventre, un désir qu'elle n'avait jamais connu avant, comme une gifle. Il avait l'assurance des hommes qui plaisent. Pas qu'il fût extrêmement beau, mais il était frondeur, ne baissait pas les yeux, savait sourire en coin et envoyer des clins d'œil. Il avait commencé sa vie amoureuse en brisant le cœur de la plus belle fille du lycée, un peu malgré lui, par une série de chances et circonstances favorables, et ce statut d'homme qui plaisait ne l'avait plus quitté. Il avait vingt ans, travaillait dans le restaurant de son oncle et roulait sans casque sur une Rumi Formichino jaune. Fernanda avait dû se retenir d'ouvrir la bouche devant lui tant il répondait à ses fantasmes de jeune femme. Benedetto ne l'avait pas regardée, Fernanda se savait disgracieuse avec son nez trop long mais, sûre de l'exception de son destin, elle s'autorisait à rêver haut et se sentait prête à l'action. Elle voulait se donner à lui tout entière. Elle alla à l'église pour allumer un cierge et formula clairement l'envie que cet homme la possédât. Les parents de Fernanda ne vivaient pas dans la pauvreté mais leurs boulots simples et fatigants ne leur permettaient aucun luxe. La mère de Fernanda était d'une beauté ravageuse. On murmurait qu'elle avait été prostituée, ce qui expliquait que personne dans la famille de son père ne leur adressât la parole : il avait tourné le dos à sa famille et à sa fortune par amour. Fernanda n'hérita pas des traits parfaits de sa mère, elle était malheureusement le portrait craché de sa grand-mère paternelle, telle une revanche de la vieille dame qui maudissait la catin qui lui avait volé son fils préféré. La mère de Fernanda pensait à sa belle-mère dès qu'elle posait les yeux sur sa fille, aussi elle passa beaucoup de temps à les détourner de Fernanda qui grandit seule avec ses rêves. Le lendemain des prières de Fernanda qui supplia Dieu de lui envoyer un signe ou de foudroyer d'amour Benedetto afin qu'il l'enlève à ce foyer minable, sa grand-mère paternelle mourut. Elle lui laissa pour héritage la maison familiale à condition que ses parents ne puissent y habiter. Fernanda sentit qu'une partie des réponses du Seigneur tout-puissant à ses supplications s'articulaient autour de cet événement, qu'elle avait en quelque sorte tué sa grand-mère. Loin de la désoler, cela l'enivra d'un pouvoir qu'elle ne voulait plus perdre. Et si Dieu n'était pas toujours fiable, l'argent l'était. Elle n'avait que dix-neuf ans mais transforma la maison familiale en un hôtel de luxe, début d'une fortune qu'elle s'acharna à construire. Peu à peu, elle prit des parts dans les sociétés de ses fournisseurs d'huile d'olive, de savons, s'offrit un second hôtel et des robes assorties, une voiture décapotable, un chat persan, puis des robes sur mesure qui lui donnaient de l'allure. Tout s'achetait, jusqu'au garçon aux cheveux roux qu'elle fascina et qui répondit à son désir. Les premières années, ils firent l'amour comme des bêtes. Fernanda était insatiable. Benedetto l'avait connue vierge mais elle se révéla être une tornade comme il n'en avait jamais connu même chez les prostituées les plus chaudes du quartier espagnol qu'il fréquentait régulièrement. Benedetto et Fernanda eurent vite deux enfants dont elle s'occupa à merveille, plus par sens du devoir que fibre maternelle. En grande amoureuse, tout ce qu'elle accomplissait, c'était pour son mari. Elle avait fait fortune en leurs noms, s'effaçait derrière lui jusqu'à ce qu'il en oublie même qu'il lui devait tout. Elle partait en vacances où bon lui semblait, restait mince à s'en tordre de faim, s'extirpait du lit à l'aube pour se maquiller avant son réveil même trente années après qu'il avait passé une alliance à son doigt. Toujours épilée de près, souriante, Fernanda écoutait avec lui des disques de jazz alors qu'elle détestait ça. Mais cela ne suffisait donc pas ? Pouvait-elle reprendre la main une fois cette femme partie au loin ? N'était-ce pas le signe qu'il souhaitait la remplacer quoi qu'il arrive ?

Tournaient les heures de nuit sur la pendule de leur chambre, Fernanda se persuadait d'être dans le juste, que cet accord passé avec Silvia était un signe d'amour supplémentaire et non de possessivité, elle le privait de son démon de minuit qui les aurait menés en enfer. Fernanda cherchait le sommeil mais une pulsion de désir qu'elle n'avait pas ressentie depuis son adolescence jaillissait au plus profond d'elle-même, une envie de sexe tapie dans ses entrailles la submergeait. Elle se colla à son mari, glissa sa main sous le pantalon de pyjama de coton, et commença à caresser son sexe. Benedetto gémit dans son sommeil. Quand il se réveilla en sursaut, il était dur et Fernanda s'empalait sur lui. Il eut sur le visage une lueur de terreur car en rêve il était avec Silvia mais il se laissa faire. Quel beau cadeau d'adieu il lui faisait ! Les femmes étaient décidément toutes folles de lui.

Il ne se réveilla pas avec les premières lueurs du jour comme à son habitude et ronflait avec bonhomie quand sa femme se glissa hors de leur grand appartement. Dans la lumière miraculeuse de l'aube, Fernanda marchait vers la banque.

Au-dessus du café Nube, Silvia s'agitait, il fallait faire ses valises et choisir la destination de la suite de sa vie. Elle parlait quelques mots de français, pourquoi pas Paris ? Ou loin, très loin, une plage ? Et si elle l'aimait après tout ? Benedetto était prévenant, amoureux, enflammé, lui avait tout promis. Si Fernanda lui proposait cette somme, c'est peut-être qu'il en valait le double ? Elle se mit alors à considérer Benedetto comme un cheval de course qu'elle avait laissé partir à bas prix et vint frapper à ma porte au milieu de la nuit pour me demander conseil. Je lui suggérais bien au contraire d'accélérer la transaction, la parole d'un homme marié a la durée de vie d'un papillon. Et si sa femme changeait d'avis et voulait finalement s'en débarrasser ? Il suffisait d'une dispute un peu forte, d'un verre de vin qui ouvre les yeux, l'offre était éphémère comme la beauté de Silvia. C'était l'opportunité de sa vie. À l'aube, Maddalena vint se cacher chez moi et nous espionnâmes ensemble, telles deux midinettes, le départ de Silvia. Celle-ci laissa clouée à sa porte une lettre de rupture pour Benedetto avec, comme promis, l'annonce d'une grossesse dont il n'était pas responsable. Je le sais car Maddalena et moi l'avons lue avant de la recacheter et de courir nous cacher.

À neuf heures et demie, Silvia était riche. Fernanda la déposa elle-même à l'aéroport pour qu'elle se rende à Rome puis à Rio de Janeiro retrouver un amant violent qui lui avait laissé une marque dans le cœur alors que les bleus, eux, étaient partis. Son petit chien Fusilli aboyait dans une caisse, Silvia avait le cœur serré à l'idée de le laisser seul en soute si longtemps mais elle se concentrait à l'idée de tous ces millions qu'elle pourrait dépenser sans avoir à simuler d'orgasme. Les jours qui suivirent, j'entendis le téléphone sonner dans l'appartement vide, sans cesse. Silvia n'avait pas pris le temps de résilier sa ligne. Benedetto vint au café Nube, affolé, demander des nouvelles de sa dulcinée. Il finit par découvrir la missive empoisonnée sur la porte de sa douce. Nous avions l'habitude de ses amants éconduits qui venaient pleurnicher et payaient des additions salées après avoir vidé les réserves d'alcool de Mauricio, mais cette fois-ci c'était différent, nous connaissions le dessous des cartes et étions tout à la fois fascinés et terrorisés par ces deux femmes qui avaient scellé le destin d'un homme pour satisfaire les leurs. Après une nuit d'ivresse, Benedetto ne remit jamais les pieds au café Nube où il avait laissé une part de son honneur. Maître

Pericone, qui avait reçu une visite confidentielle de Fernanda, lui expliqua qu'il n'avait pas trouvé d'issue, qu'il était coincé financièrement et qu'après réflexion, il s'en voulait d'avoir eu de mauvaises pensées et d'avoir fait de pareils sous-entendus alors que Benedetto était marié à un être si merveilleux que Fernanda. Benedetto se résigna, il finit même par culpabiliser d'avoir pu imaginer quitter sa femme qui l'aimait tant alors que cette Silvia était, à n'en point douter, une professionnelle.

Comme Fernanda l'avait annoncé, nous nous revîmes. Un mois plus tard, sa silhouette maigre et racée franchit la porte du café de bon matin. Comme le buste de marbre de la Marianna, et les natives de Naples, elle était à la fois féminine, dense et puissante. Sans grande surprise, elle se dirigea tout droit vers moi. « Vous êtes une sorte d'écrivain ? » me dit-elle sans s'embarrasser d'une quelconque forme de politesse. « Je comprends que l'histoire soit très intéressante, reprit-elle, mais elle n'est pas à raconter. En tout cas pas comme cela. Il vous faut transformer les noms, les visages, l'époque, les manières. » Puis, elle retira les gants qu'elle portait malgré la chaleur et commanda deux cafés que nous bûmes. Pour me remercier ou acheter mon silence, Fernanda m'invita le lendemain à un apéritif suivi d'un spectacle au Teatro San

Carlo. Je me vis obligé de louer un smoking dans une boutique conseillée par Mauricio. Lorsque je partis, il me prit en photo et nous rîmes longtemps car aucun d'entre nous ne savait nouer de papillon pour orner mon cou. Il fallut faire appel au docteur Chen (dont nous parlerons plus tard) qui savait tout faire même les choses les plus farfelues au regard de l'absence évidente de smoking et de nœuds papillon dans sa vie. J'arrivai pile à l'heure, Fernanda m'attendait dans une robe de mousseline rose pâle qui mettait en valeur son teint laiteux si inhabituel pour une vraie Napolitaine. Elle avait un air triste et victorieux à la fois, le regard désabusé d'une grande femme du monde. Alors que j'assistais à mon premier opéra – Fernanda avait choisi *Fidelio*, seul opéra de Beethoven et chef-d'œuvre incontesté dans lequel une femme se travestit en gardien de prison afin de sauver son mari enjôlé –, Fernanda se tourna vers moi et me dit :

« Nous partons. »

Elle ne m'expliqua pas où nous allions mais je compris que c'était de la plus haute importance. À moins que le sujet de l'opéra ne lui semble qu'une pâle métaphore de sa propre vie ? Elle marchait d'un bon pas et je n'osais demander quelle était l'urgence. Arrivés quelques minutes après devant le Maschio Angioino, elle déclara : « Allons-y ! », comme si sa logique m'était accessible. Elle me fit signe de lui faire la courte échelle. Je m'exécutai. En pleine nuit, nous gravîmes les grilles du château. Soudain gouvernée par la passion, cette petite bonne femme sèche en devenait agile. Puis elle m'indiqua le crocodile qui ornait l'entrée et annonça qu'il nous fallait regarder sous son ventre. Elle m'expliqua alors l'histoire du sac à main qu'elle portait à son bras et m'annonça vouloir s'assurer qu'il était bien fait de sa peau. Nous transportâmes un banc de bois sous la bête empaillée. Je me hissai sur la pointe des pieds et j'inspectai son ventre. Sous le crocodile, je vis en effet une poche de plastique mal cousue qui semblait combler un trou. Le visage de Fernanda s'éclaira comme si on lui avait dit qu'on l'aimait.

Alors que nous reprenions notre souffle devant la lune pleine, elle me dit :

« La vérité c'est qu'il y a toujours trois vérités. Celle de l'un, celle de l'autre et celle de Dieu. »

Assis sur un muret de pierre dans le château, nous avons attendu que le jour se lève et les grilles avec lui, puis sommes sortis dans nos tenues de gala sous l'œil amusé des premiers visiteurs. Fernanda s'est mise à fredonner « 'A tazz'e cafè », une chanson drôle écrite par le poète Giuseppe Capaldo. On dit que Brigida, à qui s'adresse la chanson, existait vraiment, qu'elle était la caissière bourrue du bar dans lequel Capaldo ne buvait pas que du café. Il était très épris d'elle et persuadé qu'à force de la courtiser, elle finirait par lui céder. On ne sait pas comment l'histoire s'est terminée mais les Italiens amoureux n'abandonnent jamais. Fernanda me fit danser un peu, vola mon chapeau, me regarda par en dessous avec un sourire ravageur et à ce moment je compris que malgré le bout de cœur qui lui avait été arraché et qu'elle cachait sous le tissu de sa robe comme un crocodile fier, elle était irrésistible.

Le docteur Chen
1983

Le docteur Chen a débarqué à Naples en 1981. Il faisait très chaud et il s'était juré d'être heureux. Il avait quitté son pays pour toujours, les gens qu'il aimait, la langue qu'il parlait, ses patients et les seuls parfums de sa vie. Embarqué clandestin à bord d'un cargo qui transportait des chaussures de plastique taille enfant autrement appelées méduses et qui servent à escalader les rochers quand on pêche les crevettes ou à ne pas se blesser les pieds lors d'une baignade sur les plages de galets, le docteur avait fui son monde entier. Caché durant trente-neuf journées entre deux boîtes immenses contenant précisément huit mille paires de souliers de caoutchouc transparent chacune, Lian Chen avait eu le temps de réfléchir à l'apparition observée la semaine d'avant dans le ciel noir de Sichuan vingt-deux minutes avant onze heures, le 24 juillet 1981. Dix millions de personnes avec lui pouvaient attester avoir vu dans la nuit une lumière semblable à une immense étoile qui s'était mise à osciller, créant une sorte de faisceau lumineux comme un cercle de nuages qui brillait que tous décrivaient dans le journal du matin comme magnifique et hypnotisant mais que le docteur Chen aurait qualifié de terrifiant. Ce miracle flottant disparut au bout de sept minutes. Le ciel vide effraya encore plus le docteur Chen qui fit ses valises dans l'instant. Si ce n'était une soucoupe volante, c'était probablement un signe de Dieu qu'il fallait écouter son instinct qui ne cessait de lui répéter de s'enfuir, loin. Cela n'avait rien à voir avec l'insistance de ses parents pour qu'il épouse la fille des voisins, lui qui avait déjà quarante-trois ans et clairement établi qu'il voulait consacrer sa vie à en sauver d'autres. Il n'était pas homosexuel comme les bruits le laissaient entendre ni même asexué, il voulait juste être en paix, rêver chez lui, boire du thé, se déchausser, ne pas expliquer si sa journée avait été bonne, ni s'intéresser à quelqu'un. Il ne comprenait pas cette obsession des gens à vivre en couple. Quand il avait besoin de rire ou de sociabiliser, alors il invitait ses vieux amis de lycée au bar et ils rentraient ivres chacun de leur côté, lui vers un lit frais qui l'attendait, eux vers des reproches et des explications à donner. Ce n'était pas non plus à cause de l'indifférence de Madame Zan après leur baiser de juillet ni de l'arbre mort devant sa fenêtre, non. La lumière dans le ciel était la vraie raison.

L'Italie était un hasard. L'un des patients du docteur Chen tenait les registres de fret au port, un certain Eugène Wang – né de l'union d'une exploratrice française et d'un canotier de Zhouzhuang quasiment obèse et joueur d'accordéon – qui lui devait plusieurs séances d'acupuncture pour lutter contre une menace de goutte et des jambes très enflées. Il pensait que le docteur venait réclamer son argent alors quand il lui demanda de l'aide à la place, il fut soulagé et s'engagea à l'embarquer clandestinement à la tombée de la prochaine nuit en échange de l'annulation de ses dettes. Naples était la ville de destination d'un cargo prêt à partir. Le médecin ne réfléchit pas longtemps. Ce pays avait des nouilles et des gens à soigner comme partout. Cela suffit au docteur Chen pour prendre sa décision. Il ne prévint personne, ne laissa pas de lettre, ne ferma pas la porte à clé, il quitta sa vie comme on quitte une pièce anonyme.

Il débarqua début septembre dans la chaleur. Il fit changer une petite portion de son argent et comprit qu'il s'était fait avoir, sans doute un cadeau de bienvenue. Assez vite, dans son italien rudimentaire, il parvint à trouver un logement. Il ne donna pas de condition de quartier ni de superficie, il voulait simplement un appartement sur rue afin que ses patients puissent y accéder comme dans une boutique.

Il se retrouva dans le Centro Storico. Jadis lieu de la noblesse et de la riche bourgeoisie de Naples, les palais ont été abandonnés dans les années cinquante, après le tremblement de terre, au profit de la banlieue plus chic. À voir le quartier, on croirait une série de cartes postales superposées avec des couches d'époque qui s'entrechoquent et les traces de la beauté abandonnée. On peut regarder le centre comme une belle femme qui a vieilli. Naples est encore belle, pour son âge... Il y reste des doreurs, des vendeurs de boîtes à musique, des marchands qui ne proposent qu'une denrée sans qu'on comprenne bien comment ils subsistent. Il y a même à deux pâtés de maisons de chez moi un acquajolo, un vendeur ambulant d'eau citronnée fraîche, mais il se déplace très peu et son eau n'est jamais vraiment à la bonne température.

Le docteur Chen installa sa plaque au huit de la rue San Biagio dei Librai. Nous pouvions la voir depuis le bar du café Nube, et elle brillait jusqu'à mon balcon :

Docteur Chen
Médecine Chinoise Ancestrale

Pendant plus d'un an, il nous salua d'un signe de tête mais nous n'échangeâmes pas un mot. J'étais curieux, mes camarades un peu moins, je les soupçonnais même d'un peu de racisme. Pour s'en défendre, ils faisaient de nombreuses blagues sur la présence du docteur Chen dans « leur » pays en soutenant que c'était une preuve : les vrais xénophobes sont terrifiés par les étrangers alors qu'eux en riaient, ils étaient simplement taquins et non méchants. Plusieurs fois le docteur apparut malgré moi dans mes carnets de croquis. Il était de taille moyenne, avec un front large qui donnait envie d'y laisser un baiser comme sur celui d'un petit garçon. Son allure juvénile contrastait avec l'aura de sagesse qui irradiait dès qu'il posait les yeux sur un être ou une chose. La bienveillance serait sans doute le mot adéquat pour décrire Lian Chen. Ses longs pantalons cachaient ses chaussures et ses hanches semblaient fixes, on eût dit qu'il se déplaçait sur roulettes. Je le regardais comme on observe un autre enfant dans la cour de récréation, persuadé que nous pourrions être amis.

Un mois environ après son arrivée, le docteur comprit qu'il avait le mal du pays. Cela s'exprima de façon très surprenante : d'abord par une peur du soleil qu'il avait peu connu pour avoir vécu dans une province où il disparaissait sans cesse, dissimulé par d'épais nuages, ensuite par le besoin d'odeurs et du son de son langage, puis d'une manière surréaliste bien que tout à fait réelle pour le cœur de Lian Chen : en pleine journée, ses persiennes fermées alors qu'il étudiait dans l'attente d'éventuels patients, il vit un panda géant qui le regardait fixement. Son corps prenait de la place dans la pièce, il sentait fort comme tout ours, et sa respiration impressionna Lian Chen. Dans sa région qui s'appelle « les quatre rivières », le Sichuan, il existe un sanctuaire de pandas. Bien sûr celui-ci était mort et flottait depuis sa demeure funeste pour apaiser l'âme du docteur Chen. Quelques jours plus tard, avant de s'endormir, il entendit les bottes de son père, le bruit exact de ses pas lorsqu'il rentrait tard de la caserne militaire où il était parqué parfois plusieurs jours de suite. Il dut réfréner une impulsion d'enfance et se raisonner pour ne pas courir dans l'entrée et se précipiter vers des bras qui de toute évidence étaient désormais croisés sur un torse vieilli dans son pays lointain. Parfois, c'est l'odeur imaginaire d'un poulet Kung Pao qui le réveillait en sursaut et il reprenait conscience dans un désert olfactif qui lui faisait monter les larmes aux yeux. La chambre était triste et le panda ronflait. Depuis son arrivée le docteur n'avait vu que peu de patients et ne parvenait pas à se résoudre à aller demander de l'aide à la communauté chinoise. Il avait pris le risque de l'ailleurs, il fallait qu'il s'y accoutume et trouve un chemin qui relie son savoir aux particularités du peuple napolitain. Il devait bien exister un lien entre eux, une évidence.

Le second jour de janvier 1982, une fièvre s'empara de moi. Ma tête ne pouvait s'extraire d'une douleur lancinante et ma gorge semblait transpercée de lames. Avec ce qu'il me restait de force je me traînai hors du lit, traversai la rue et sonnai à la porte du médecin chinois, sans doute l'unique docteur qui ne soit pas en congé et également le seul chez lequel j'avais la force de me rendre. Il étira ses lèvres d'un frémissement pour me signifier d'entrer, sans me suggérer qu'il puisse être content que je me sente malade ni d'avoir enfin un patient. Je me comportais de manière assez familière avec le docteur Chen, il vivait depuis bien longtemps dans mon imaginaire où nous avions bu des verres dans des clubs de jazz, mangé du riz cantonais et ri aux éclats. Lui restait assez distant et mit probablement mon enthousiasme sur le compte de la fièvre. En Chine, les docteurs apprennent à anticiper la maladie, leur médecine consiste à vous maintenir en bonne santé, quand ils vous soignent c'est qu'ils ont échoué et vous ne les payez pas. Je l'ai appris du docteur Chen lui-même, ce jour où me rendre à son cabinet juste en bas de chez moi avait été une épreuve. Alors qu'il m'expliquait les rudiments de la médecine de son pays, son visage presque toujours impassible s'obscurcit et je crus détecter la retenue d'un sanglot. Il se reprit en tortillant sa moustache :

« Avez-vous fait l'expérience récente d'une grande joie ou d'une grande peine ?

— Non. Je ne pense pas. Aucun médecin ne m'a jamais posé ce genre de question.

— Nous avons inventé la médecine en observant les êtres vivants et vous en disséquant des corps morts.

— Ah… dis-je sans comprendre tout de suite le rapport. Non, je ne crois pas. Pas de joie ni de peine je veux dire.

— Nous ne sommes pas des morceaux mais un tout. Les choses sont liées : l'esprit, l'âme, le corps entier, les organes entre eux. La maladie se manifeste pour nous dire que l'harmonie nous a quittés. Votre mal de gorge et le mien ne viennent pas du même endroit, voyez-vous ?

— Avez-vous mal à la gorge aussi ?

— Depuis que je suis arrivé en Italie, j'ai perdu mon harmonie, monsieur Madelin.

— Puis-je vous aider à la retrouver ?

— C'est moi le médecin, monsieur Madelin.

— Certainement. » J'ajoutai un « désolé » car je vis que cela l'avait mis en colère.

« C'est l'anniversaire ?

— Pardon ?

— Anniversaire de joie ou de peine ? »

Je tremblais. C'était en effet l'anniversaire du décès de ma sœur dans des circonstances si violentes que personne dans ma famille n'en parlait jamais. Nous avions fait comme si elle n'avait jamais vécu. Je ne lui dis donc rien, mais je sentais qu'il savait déjà.

« Allongez-vous et je vais vous piquer. »

On pense à l'équilibre comme une droite, un fil stable, un mouvement arrêté, rigidifié, telle une ligne d'horizon endormie mais c'est une erreur, l'équilibre n'est jamais statique, il lutte sans relâche entre les deux forces opposées, complémentaires et interdépendantes que sont le Yin et le Yang, comme une mère tente d'apaiser un conflit dans une fratrie. Ainsi le jour succède à la nuit, l'expiration à l'inspiration, la vivacité au repos, ils se pourchassent. L'un court après l'autre sans savoir qu'il le poursuit également dans ce cycle qu'est la vie ; et lorsque l'un croît, l'autre décroît. D'une part le Yin, les forces qui semblent éteintes, passives : l'ombre, le froid, l'humidité, la profondeur, la stabilité… De l'autre côté le Yang, qui lutte à visage découvert : la lumière, le mouvement, la surface des choses, la chaleur, la sécheresse qui craquelle la terre mais attire aussi l'eau. C'est toute l'ambiguïté. Nous sommes une forêt qui a besoin du soleil autant que de la pluie. Le Yin et le Yang sont des amants terribles, si l'un venait à manquer de l'autre alors à terme, il en mourrait. Ils sont un tout et ses contours, l'essence même du monde et ses particules infimes, la compréhension mathématique de Dieu chez les taoïstes. Le Yang émet, le Yin reçoit. Ils s'opposent mais ne peuvent vivre l'un sans l'autre. Ils sont chaque grande histoire de la littérature, chaque chanson, chaque poème.

Le docteur Chen me donna ce jour-là des clés pour comprendre le monde d'une autre façon. Il m'expliqua qu'une joie intense pouvait secouer le corps autant que la peine, que chaque émotion déséquilibrée pouvait créer des inflammations, des douleurs et abîmer notre QI. La vie du docteur Chen consistait à maintenir son équilibre intérieur pour pouvoir aider les autres à retrouver leurs centres de gravité. Pourtant, Lian Chen souffrait du dos sans répit. Depuis qu'il avait quitté la Chine, il ne percevait plus ses jambes, la douleur dans le bas de ses lombaires était si forte et irradiait tant qu'elle annulait tout autre sensation. Le voyage dans un cargo humide, recroquevillé jour et nuit pendant plus d'un mois au-dessus d'un manuel d'italien, pouvait évidemment être tenu comme responsable de ce mal mais cela ne suffisait pas à satisfaire la curiosité que le docteur Chen avait pour les diagnostics, les enquêtes presque policières qui le menaient aux sources du mal de ses patients et qu'il devait cette fois mener en lui-même. On pouvait présumer que le déracinement était le coupable idéal. En quittant son pays, le docteur avait coupé les jambes qui l'ancraient à sa terre, il ne pouvait les planter dans ce lieu qui n'était pas le sien. Un psychiatre occidental aurait adhéré à cette version sans ciller. Le panda fantôme haussait les épaules, c'était plus profond que cela. Il mit une patte sur le docteur pour le consoler mais cela lui serra le cœur. Malgré ma fièvre, je tentai d'en savoir plus :

« D'où venez-vous, docteur ?

— De Sichuan.

— Comme le poivre ? »

Il passa sa langue sur sa moustache, le poivre lui manquait comme le Mapo doufu. Le panda salivait. Le docteur lui souriait parfois sans qu'on puisse comprendre qui il regardait. Je me tournai mais la chaise dans l'angle était vide à mes yeux. Il planta la première aiguille. Après m'avoir piqué une vingtaine de fois, il couvrit mes jambes d'une couverture, massa un peu l'intérieur de la base de l'ongle de mon pouce, quitta la salle. J'étais plongé dans le sommeil quand il revint une demi-heure après. Il me donna des tisanes et des gélules de sa confection. Je voulus le payer et il me répondit : « Vous reviendrez quand vous irez bien, et je ne vous laisserai plus aller mal. Et pour cela, vous pourrez me payer. »

Il partagea un sourire satisfait avec le panda.

Une semaine après j'étais sur pied, dans une forme que je n'avais pas connue depuis longtemps. Je savourais mon café du matin quand je vis le docteur Chen passer avec un sac à provisions, je lui fis signe de me rejoindre. Il n'osait pas mais j'insistai pour qu'il boive un café avec moi. Il entra, timide, et je le remerciai chaleureusement.

« Le fameux docteur chinois ! Bienvenue ! Il faut goûter les cornetto de ma cousine ! » s'emballa Mauricio.

Le docteur Chen s'assit sur ma banquette au fond en laissant une place entre nous deux pour la pudeur. Ses yeux s'agitaient, il semblait au spectacle. Je me penchai alors un peu pour lui parler des habitués qui entraient au fur et à mesure.

« Ce type, on l'appelle *l'architecte* mais il n'a jamais fait d'études. Son cousin Enzo lui a simplement délivré un faux diplôme il y a dix années de cela. On lui a donné une voiture décapotable et un appartement correct pour qu'il signe des papiers sans poser plus de questions. Ça y est, ça klaxonne ! Il a du mal à comprendre qu'il ne faut pas garer son Alfa Romeo en face du café Nube ; vu la taille de la rue, elle ne laisse même pas de place aux passants. Alors imaginez cet homme dessiner une maison ! »

Le docteur Chen retenait son rire mais il jubilait de pénétrer enfin, même à distance, un monde qui lui semblait hermétique. Il insistait du menton pour que je continue, je me rapprochai un peu pour lui livrer des détails plus confidentiels.

« *L'architecte* travaille pour une entreprise en bâtiment qui déclare des travaux qui n'ont jamais lieu et comme nous le savons tous, organismes gouvernementaux compris, sert à blanchir de l'argent majoritairement en provenance de transactions concernant de la drogue. »

« Oh… » s'étonna le docteur qui jubilait de détenir des informations secrètes.

« *L'architecte* s'imagine pourtant qu'un de ses projets verra le jour et griffonne des plans aussi laids qu'irréalisables dans un calepin. Demandez-lui de vous les montrer un jour ! Vous ne serez pas déçu ! Je vous rappelle qu'il a commencé à penser qu'il pourrait dessiner des maisons une fois son faux diplôme en poche ! À force de ressasser à qui voulait l'entendre qu'il était architecte, il s'est mis à croire en ce mensonge. Il faut dire qu'il n'a rien à faire de ses journées. Il a pour ordre de ne pas travailler ailleurs et on lui donne bien assez d'argent pour manger, ça lui laisse le temps de dessiner à loisir tous les immeubles qu'il veut.

— C'est lui qui a dessiné la Tour de Babel ? » dit le docteur satisfait de sa boutade.

Le docteur Chen observait *l'architecte* : court sur pattes et moustachu. À une époque il me semblait même que ses moustaches avaient des jambes plus longues que lui, je le dis au docteur chinois qui ne put retenir un ricanement, vérifiant d'un mouvement de doigt la taille de ses propres bacchantes. Je regardais *l'architecte* différemment maintenant qu'il m'avait fallu le décrire. On aurait pu qualifier sa conduite générale de désinvolte mais cela aurait sous-entendu qu'il ait une conscience de la bienséance, ce qui n'était pas le cas. Doté d'une forme de sauvagerie, quand il avait faim, il mangeait, soif, il buvait, une envie de sexe et il appelait sa cousine Felicia qui répondait depuis l'adolescence à son excitation malsaine. Il m'avait fallu de longues années pour réunir toutes ces informations que j'offrais au docteur Chen, et en lui racontant les personnages et les potins du café, je comprenais que je faisais partie de ce monde, que je n'étais plus un étranger.

« Celui qui porte une perruque soigneusement manucurée, c'est Roberto ! »

Comme si je l'avais annoncé avant son entrée sur scène, Roberto s'exclama le timbre haut : « Fais-moi couler du café à foison Mauricio, je suis tel un somnambule en quête de la vraie vie ! »

Il avait une voix de ténor et semblait ne prononcer que des phrases qui existaient déjà dans des livres tant elles étaient articulées, logiques et bien construites. Roberto vivait sur un fil tendu à la frontière entre le beau et le ridicule. Il était connu de tout le quartier pour une anecdote croustillante que je m'empressai de raconter au docteur : Roberto avait entendu qu'Errol Flynn saupoudrait son sexe de paprika pour bander plus fort et, sûr de lui, il avait essayé avec du peperoncino. Malheureusement il n'avait pas pensé à l'effet que cela ferait à l'heureuse élue, une charmante poissonnière du mercato della Pignasseca. On la surnommait désormais « lèvres de feu » : le secret médical n'était pas le fort de l'hôpital de Naples. Roberto ne pouvait pas commander de café sans que tous les habitués lui demandent s'il le voulait avec du lait, du sucre ou du piment et que fusent des rires. Celui du docteur Chen vint se mêler aux leurs. De sa voix assurée Roberto déroulait une de ses répliques : « Bien malin celui qui n'a jamais fait d'erreurs » ou « mieux vaut faire rire les êtres humains même à ses dépens que de faire couler des larmes ».

« C'est votre ami ? me demanda Lian Chen.

— On l'aime bien, on lui demande toujours des tuyaux pour les courses de chevaux. Surtout pour l'engueuler quand il s'est trompé. »

J'enchaînais… Toto entrait, un habitué des dancings. Son rire faisait le bruit de giboulées d'avril qui s'abattent sur un jeune couple qui rit en courant. Les clochettes se firent entendre à son passage. Dodu mais séduisant, Toto portait la tête haute, les cheveux courts sur les tempes mais aux bouclettes en pagaille sur le sommet du crâne. Des dents blanches, très blanches. Une peau brunie par le soleil et la crasse. Les Italiens sont tellement aimés par leurs mères que même les plus moches ont confiance en eux. Je voyais le docteur l'inspecter comme un coiffeur regarde une tignasse mal peignée.

« Il a des problèmes de foie, me dit-il sans sourciller.

— Ou de lombaires peut-être ? Il travaille comme mécanicien et passe beaucoup de temps sur le dos, sous les voitures dont il prend soin. »

Je compris qu'il n'affabulait pas car il reprit avec sérieux :

« Non, c'est le foie. Son corps robuste révèle des gestes d'une douceur infinie et de cette contradiction naît une grâce peu commune chez les hommes mais une angoisse le rend jaune et irradie jusque son dos. Il vit avec un secret. »

Fanny fit son entrée, commanda un limoncello. Rousse agaçante, toujours une chose à redire, une mauvaise nouvelle à annoncer, mythomane, aguicheuse, hystérique, elle disait venir de Belgique ou des États-Unis selon les moments. On ne savait pas bien comment elle gagnait sa vie. Elle portait toujours des cols roulés, même les jours de beau temps, dans des teintes assez difficiles à identifier, un orange marronnasse, du violine bordeaux, rien n'était franc chez elle, jusqu'aux couleurs de ses joues.

« Au bout, celui qui fume, c'est Francesco, tombeur de jolies dames intéressées par l'argent de famille qu'il n'a plus. Producteur à Cinecitta, il se dit de passage à Naples mais est ici au quotidien. Il ramène des jeunes femmes chaque soir, ne se lasse pas des anecdotes de tournage qu'il a au nombre de trois comme les cheveux sur sa tête.

— Et celui au bar qui parle avec sa cour qui rit autour à chaque fois qu'une personne rentre ? C'est qui ?

— C'est Nino. »

Nino avait pour théorie que tout avait été dit, écrit et vécu. Pour comprendre la vie et le monde qui nous entourait, il suffisait de se plonger dans l'histoire. Sa famille venait d'une longue tradition de commedia dell'arte qui d'après la plupart des pontes du théâtre antique était née des Atellanes, ces scènes improvisées lors de toutes les festivités par des paysans d'Attela, une ville de Campanie située entre la ville alors grecque de Naples et le centre étrusque de Capoue. Entre le quatrième et le neuvième siècle, on joua et rejoua avec succès autour de quatre personnages principaux supposés représenter l'Humanité tout entière : Maccus un goulu abruti, Pappus un vieil idiot libidineux, Dossenus un bossu très rusé et Kiricus, quasi animal, imbu de sagesse. Il reste peu de textes de l'époque car les moines copistes ne pouvaient reproduire la langue vulgaire qui servait à provoquer l'hilarité du peuple, mais les noms des héros étaient arrivés jusqu'à Nino et tous ses aïeuls avant lui. Aussi, dès qu'un homme entrait dans le café, il était immédiatement affecté à une catégorie d'être humain : Maccus, Pappus, Dossenus ou Kiricus. Et la cour de Nino approuvait. Quatre espèces, il n'existait pas d'alternative. Je me suis toujours demandé dans quelle catégorie ils m'avaient rangé et lequel j'étais profondément. Les femmes, elles, c'était différent. La façon dont Nino regardait la gent féminine s'inscrivait dans une démarche presque poétique. Il dévisageait justement la jeune Chiara et sa grand-mère Agrippina qui se lançait à peine la porte franchie dans ses histoires délirantes. Arrivèrent Signore Mariano le marchand de tapis et le petit Livio qui buvait un chocolat chaud même en plein été. Je brossai le portrait de chacun pour le docteur qui s'étonnait, observait, semblait intrigué par tous. Il regardait les gens avec un intérêt sincère.

Puis entra Marcello. Je m'apprêtais à le croquer d'un bon mot quand Chen se leva d'un bond et se dirigea droit vers lui. Sans même se présenter, il lui demanda pourquoi il boitait. Marcello, d'abord surpris puis vite agacé, était prêt à en venir aux poings quand Mauricio précisa : « Marcello, il est docteur ! C'est un très grand docteur », ajouta-t-il pour apaiser les choses, et Chen bomba le torse.

Alors, Marcello raconta le tremblement de terre de l'Irpinia et sa jambe coincée pendant des heures sous un mur de sa maison. Lian Chen lui expliqua qu'il avait vécu la même chose en Chine, il y avait eu plus de soixante mille morts.

Marcello lui fit alors confiance : « Tout a tremblé, tout a été détruit, mais ma maison n'a pas bougé. »

Il s'en sentait encore coupable aujourd'hui. Le docteur Chen s'agenouilla et toucha la jambe de Marcello, il la lui fit tendre, puis tortilla sa moustache et lui proposa de rétablir sa cheville en quelques sessions.

« C'est la peur qui est restée dans la jambe, pas la douleur. »

En effet, quelques séances d'acupuncture après, sous le regard approbateur du panda, Marcello courait comme un cabri. La semaine qui suivit il y avait la queue devant chez le docteur Chen. C'était bon pour le commerce de Mauricio, aussi ne cessait-il de vanter les mérites du docteur qui devint une figure du quartier. Cependant, il avait du mal à faire comprendre qu'il fallait venir le voir en bonne santé. Comment pouvait-il lier cette philosophie si chinoise à l'âme napolitaine ?

Le docteur prit peu à peu ses repères. Il attirait des patients qui devenaient des fidèles, se mit à aimer les spaghettis vongole et le vin blanc, apprit la joie des siestes napolitaines, mais rien ne soulageait son mal de dos. Le panda qui est un animal solitaire en était désolé, il voulait lui aussi reprendre sa liberté mais une chose semblait le garder en prison dans le cœur du docteur Chen. L'ours dodu s'était installé sur un tabouret, recroquevillé dans un coin du cabinet, mélancolique ; réconforté par la douceur de son propre pelage, il aimait chanter une des chansons préférées du docteur Chen, *Yue Liang dai biao wo de xin :* « La lune parle pour mon cœur », une ballade romantique. On eût pu penser en effet que ce qui manquait à la vie du docteur Chen était l'amour mais il avait pallié à cette absence depuis des années par une astuce et un équilibre qui rendaient l'équation indétectable par son cerveau et son corps. Il était bien plus heureux que ceux qui vivaient de vraies histoires passionnelles.

Deux années après son arrivée, le panda fantôme habitait encore chez lui et son mal de dos ne le quittait pas. Les jours de mer calme, je l'emmenais pêcher et nous faisions de belles prises, patients tous les deux. Parfois il coupait le poisson que nous mangions cru à la japonaise, ou pimenté selon une recette chinoise, parfois je lui cuisinais de la bouillabaisse ou des spaghettis puttanesca selon la recette de Mauricio. Nous aimions cuisiner le monde et en parler. Ensemble, le docteur et moi allâmes un jour en expédition pour découvrir les ruines de Pompéi. Aucun des Napolitains que nous fréquentions n'y était allé et notre curiosité les faisait rire. Le docteur s'extasia devant une fresque représentant un médecin qui soignait Énée. Il était fier comme s'il avait retrouvé une photo de famille. Et tout l'après-midi, il avait seriné des phrases commençant par « nous, les médecins… ».

Quand nous étions attablés tous les deux, les habitués du café aimaient nous appeler « les touristes ». Je pense que cela vexait mon ami Lian Chen qui n'honora jamais ensuite l'excursion que nous projetions de faire en bateau pour aller voir la grotta azzurra : la grotte bleue, au nord de Capri. La lumière du soleil qui brille à travers la minuscule entrée de la grotte réfracte les eaux bleues et illumine ses murs d'un éclat qui semble surnaturel. C'est ce que j'ai lu et entendu mais sans lui je n'irai pas. Il mettait cela sur le compte de son mal de dos qui l'empêchait de prendre le bateau mais je savais que le problème était ailleurs. Un soir, nous avions bu beaucoup d'alcool de riz, il me parla du panda et je le vis. Cela ne dura qu'un instant mais je sus qu'il ne mentait pas. Je compris alors toute une partie de lui à laquelle je n'avais pas accès avant.

Un matin que nous étions au comptoir, moi mon carnet à la main prêt à aller croquer les touristes sur le port en partance pour Capri et lui à traverser la rue pour commencer sa journée de travail, je lui fis ranger son billet et l'invitai. Je demandai l'addition pour trois cafés d'un signe de la main et il s'étonna de mon geste.

« Merci, mais pourquoi payez-vous trois cafés si nous n'en buvons que deux ? Le panda est resté au cabinet. »

J'expliquai alors au docteur Chen le principe du café suspendu. Il répéta plusieurs fois « café sospeso ». Puis, la commissure de ses lèvres passa du temps à s'allonger comme une belle femme sur la plage. La joie monta lentement en lui.

« Vous comprenez alors la médecine chinoise ! Nous anticipons comme vous le faites. Le mal est invisible mais vous savez qu'il existe et vous rétablissez l'harmonie. Cela vous semble-t-il clair désormais ? »

J'opinai du chef.

Je ne vis pas à qui le docteur adressait un sourire mais j'imagine que le fantôme du panda était apparu pour lui dire au revoir. Il avait enfin trouvé un lien entre son ancien pays et le nouveau et pouvait se sentir chez lui. Le lendemain, sur la plaque qui indiquait le nom du docteur Chen devant son cabinet, il était indiqué : « Docteur suspendu. » Il n'eut plus jamais mal au dos.

La main de Dieu
1984

Sous la chaleur de ce début de juillet 1984, la foule s'amasse pour célébrer l'arrivée de celui qu'elle sanctifie et va transformer en divinité. Dans ce lieu de misère et d'insécurité, l'une des plus grandes promesses du monde vient de signer un contrat le liant au club de football de Naples. Maradona a vingt-quatre ans, il est alors d'une beauté racée. Plus de soixante-dix mille personnes s'avancent vers le stade pour voir jongler ce petit être de loin et l'entendre prononcer quelques mots. Sans le savoir, la liesse qui le célèbre est en train de sauver la vie d'un autre homme, mal né lui aussi mais au destin plus banal : Ferdi.

Mêlé à la cohue compacte et bigarrée, noyé dans le flot des Partenopei à trois sur des mobylettes ou marchant, sourires sans dents, tenues du dimanche pour faire honneur à leur champion, Ferdinando prend de l'avance sur ses poursuivants, malgré la chaleur et le poids de son sac. Dans la langue italienne, on emploie peu le futur. Les choses qui vont arriver sont déjà inscrites, on les formule au présent. Les outils d'expression des Italiens expliquent fort bien leur tempérament ; ils usent d'un passé formulé dans une syntaxe empreinte de nostalgie aiguë, d'un conditionnel baigné de belles promesses et d'un temps qui même présent reste hypothétique et flottant. Ferdinando ne parle que sa langue natale, le napolitain, version encore plus forte de la langue de l'immédiateté, de l'amour de la vie et comme on lui a interdit d'évoquer les jours d'avant, aujourd'hui est tout ce qui existe. La vie de Ferdinando, c'est maintenant, maintenant, maintenant.

Et Ferdi, comme l'appellent ses amis, court maintenant de toutes ses forces pour ne pas mourir. Il est en sueur, il a crevé son vélo et l'a jeté dans une ruelle il y a vingt minutes déjà. Ses chaussures sont trouées, son pied gauche lui fait mal mais il entend son cœur battre contre le sac de toile qu'il tient comme un enfant et qu'il ne lâchera pas, même si on le crible de balles. Ils étaient dix derrière lui mais il n'en voit plus que trois, assez loin. Quand il arrive à la Sanita, le quartier des morts, il se croit sauvé. Il le connaît par cœur. Son père, Giuseppe, qu'on appelait Beppe, était guide dans les catacombes. Il se souvient des mots qui le berçaient d'une peur enfantine délicieuse et qui soudain prennent des allures de glas : « Tu entres dans une caverne insondable, dont tu ne sortiras sans doute jamais, à moins que tu ne suives ton papa sans jamais lui lâcher la main. » Mais voilà qu'il avait failli à cette promesse, il avait désobéi aux ordres de son père, il avait cessé de travailler à l'école, arrêté de lire, de croire à la possibilité d'une vie morale en faveur d'une vie vaine aux plaisirs immédiats. La prison du présent lui avait fermé les yeux pour quelques billets au début, puis un peu plus et le voilà aux portes du monde d'Hadès. Ferdi ne connaît pas les aventures de Télémaque et ignore qu'en y cherchant son père, il en était ressorti sauf. Il pense au visage de son papa, à ce qu'il fera pour l'honorer s'il parvient à s'enfuir avec ce sac de bijoux, aux études qu'il reprendra, et cela accélère sa course et la ralentit tout à la fois car il projette des choses, le futur entre enfin dans sa vie.

Lucie n'est pas connectée au présent. Son corps l'est, mais sa tête songe à ce qui pourrait enfin lui arriver. C'est sans doute pourquoi rien ne se passe jamais dans l'intimité de Lucie, peuplée de silhouettes imaginaires. La plupart du temps, Lucie travaille. Elle n'est pas de ceux qui croient en la chance. Elle aime penser que ses efforts la mèneront là où elle le mérite. Elle a abandonné l'idée d'être récompensée pour sa morale et comprend même que cela puisse être un frein, mais elle ne peut se résoudre à trahir l'enfant droite que sa mère avait élevée. Cette enfant prenait encore une place folle dans son corps d'adulte qui n'a pas beaucoup grandi ni même développé des seins qui puissent remplir toute une main d'homme.

Quand elle rentrait de son dur labeur en début d'après-midi, elle s'asseyait à l'ombre dans le jardin de l'immeuble écrasé par la chaleur. Les plantes étaient souvent couchées et se relevaient seulement plus tard, dans la fraîcheur relative de la nuit. La petite fontaine coulait dans un bruit rassurant et lourd fait du cliquetis d'éclaboussures sur les côtés et d'eau pesante au centre, une mélodie apaisante et soporifique. Lucie divaguait alors, pensait à son enfance, au chat du voisin, regardait ses pieds jusqu'à ce qu'ils lui semblent étrangers et s'affaissait au creux de la chaise en osier en un demi-sommeil. L'odeur du basilic parfumait l'air d'effluves et le goût du pesto de sa grande tante lui revenait en bouche. La faim ne la saisissait pas pourtant. Elle était mince comme un roseau et oubliait souvent de se nourrir. Dans une vie précédente elle avait dû être un arbre, un peuplier aux longs cheveux flottant au gré du vent sur lequel les amoureux venaient graver leurs noms sans réaliser que cela le blessait, comme Paula l'avait heurtée en épousant Mario. Elle repensait à lui, à ce temps révolu de l'amour qu'elle n'avait pas prononcé. Parfois, elle ne réalisait pas tout de suite que la nuit était tombée. Elle avait juste passé la journée ainsi, perdue dans ses pensées. Les paresses de Lucie recèlent de moments de poésie. Quand le temps est gris, elle aime embrasser les statues sur la bouche. Si le ciel est beau, elle fait la sieste avec un chat errant, après que sa respiration s'est réglée sur son ronronnement et que leurs sommeils ne font plus qu'un. Avec ses yeux verts plissés, Lucie ressemble à un félin, pourtant elle ne rêve pas de souris mais d'amour. Lucie n'a jamais embrassé un homme car aucun n'a essayé, pas qu'elle fût laide, au contraire, elle est une beauté discrète mais franche, sans sensualité peut-être, un peu enfantine, comme si elle n'avait pas encore ressenti le désir, elle semble vivre dans un bocal qui l'isole de la vraie vie. Elle aime regarder les nuages dans l'eau, leur reflet dans une flaque, dans une rivière ou la mer. Leur rebond mouillé lui semble plus fascinant que leur présence dans le ciel. Elle mord son sourire quand elle est émue. Une partie des lèvres de Lucie a perdu de ses pigments comme si sa bouche s'effaçait en l'absence de baisers. Elle les mord pour les cacher.

Lucie se rend à son travail très tôt. La « case di reposo Santa Marinella » est via Pietro Castellino dans le Rione Alto. À l'aller, elle doit pédaler une demi-heure et finir en gravissant une pente raide. Pour tenir le coup, elle pense au retour, en début d'après-midi, quand sa bicyclette filera sans effort et que le vent jouera dans ses boucles. Elle attache son vélo sous les fenêtres de monsieur Roberto qui dort encore. Lucie a la clé de la grande porte rouge mais passe par la petite entrée à l'arrière pour ne pas faire de bruit puis traverse le salon éteint et se rend dans la cuisine où elle prépare le petit déjeuner de tous les locataires de la maison de retraite. Elle connaît les goûts de chacun et tente de personnaliser les plateaux. Une fleur, un poème, le dessin d'un petit-fils, du courrier sous la corbeille de pain. Certains matins, Lucie arrive une heure avant pour leur préparer des sfogliatelle ou des riccia qui sont des pâtisseries frisées et feuilletées dont sa mère lui a appris la recette ou encore la frolla qui ressemble à des minitartes à la ricotta. Elle prend soin d'eux comme s'ils étaient ses enfants. Malgré son jeune âge, sans doute parce qu'elle est orpheline, Lucie a une grande hâte de fonder une famille. Les petits déjeuners en place, elle va les réveiller les uns après les autres, elle les aide, leur donne leurs médicaments. Certains ronflent encore quand elle entre dans la chambre mais la plupart l'attendent, excités comme des mioches coincés dans des corps vieux. La toilette qui précède leur collation est un moment que Lucie a appris à vivre sans être complètement incarnée, une partie d'elle-même flotte loin. Les premières années, elle se laissait prendre par les odeurs, les chairs pendantes, les peaux craquelées, les verrues, la bave aux commissures des lèvres et elle vivait avec une envie de vomir permanente. Depuis, elle a pris l'habitude de ne plus penser à sa propre enveloppe, à parler pour que ses gestes deviennent des réflexes subalternes et non le centre de sa vie elle-même. Ils sont curieux, veulent tout savoir de la jeune fille et attendent tous que Lucie tombe amoureuse pour vivre une passion par procuration. Chaque jour ils la questionnent : « Alors ? » « Et le petit boulanger du bout de la rue, il ne vous plaît pas ? » Lucie n'ose pas leur répondre que personne ne la regarde jamais. L'amour ne vient pas, les années filent sans que Lucie rencontre même de nouveaux amis, comme si le destin glissait sur sa vie sans s'en emparer. Elle se contente de répondre tout bas que « non, il ne se passe rien, qu'elle n'a pas d'amoureux ». D'après Toto, le plus vieux des pensionnaires au visage de tortue et à la voix de sage, c'était le signe qu'une chose « énoooooorme » allait lui arriver, il faisait résonner les « o » des minutes entières comme des roulements de tambour : « Énoooooooorme Lucie, ce sera un grand amour. » Et toutes les dames riaient et rougissaient au souvenir des choses énormes de leurs propres vies.

« Tu comprends Lucie ? Il faut laisser du temps. Tu penses que tout ce que tu vis, tu le vis pour rien parce que tu es seule, mais c'est le contraire, tu te prépares à l'amour, et quand il arrivera ce sera énoooorme, très fort. Regarde le fleuve, le Volturno, regarde le chemin qu'il fait, il naît dans le massif des Abruzzes. Il contourne les monts du Matese, il arrose la plaine de Capoue avant de se jeter dans la mer Tyrrhénienne, juste ici, regarde par la fenêtre au nord de Naples. Moi je suis né de l'autre côté Lucie, je suis né dans le sud du sud de l'Italie. Un vrai Napolitain ! Et qui connaît l'amour mieux qu'un vrai Napolitain ? Va avec ton vélo regarder le fleuve qui se mêle à la mer après cette longue attente, et l'amour suivra. »

Parfois, elle écoute Toto et va regarder les eaux qui se mêlent comme un joyeux présage. Aujourd'hui, après avoir quitté l'hospice, elle va se confesser. Elle avoue sa colère contre Dieu qui ne lui envoie pas l'homme qu'elle attend. Le prêtre lui demande si elle est prête à recevoir de l'amour :

« Il n'y a pas de plus grand amour que de donner sa vie pour ceux que l'on aime, Lucie.

— Oui, et j'en suis heureuse, mais l'amour d'un foyer me manque. C'est étonnant, il me manque alors que je ne sais même pas ce que c'est, que je ne le connais même pas. Pourtant il me fait mal au ventre comme un chagrin d'amour.

— S'il était sous ton nez Lucie, saurais-tu l'accueillir ? Sans trembler, sans hésiter, sans vouloir changer l'autre ni le faire rentrer dans ce que tu t'imagines de lui, serais-tu prête à accueillir l'amour et non sa fiction ?

— Oui. Je suis prête.

— Alors va allumer un cierge et dis-le à Dieu. J'ai demandé une bonne équipe de football il y a un mois et Maradona arrive aujourd'hui… il n'y a pas de hasard Lucie. Dieu donne à ceux qui l'aiment mais n'oublie pas, l'amour est patient. »

Lucie demande les choses clairement, à haute voix, sans peur et elle quitte l'église sûre d'elle. Elle va retrouver une de ses amies d'enfance qui doit lui présenter son nouveau-né. Elle vient d'avouer sa jalousie au prêtre et c'est comme si elle s'en était débarrassée. Lucie est en avance, elle entre au café Nube et je croise son sourire effacé. « Je suis prête », marmonne-t-elle pour se donner le courage d'accueillir l'amour s'il était dans les parages.

Le pied de Ferdi est en sang. Il est sorti des catacombes il y a une demi-heure mais ne peut plus avancer, même la menace de la mort n'y suffit plus. Il atteint le Centro Storico, s'élance dans la rue San Biagio dei Librai comme dans un ultime sursaut. Il lui faudrait pénétrer un porche, une église, un restaurant et se cacher, sans cela il est foutu.

Le café fume encore, il a cette belle couleur caramel, il est onctueux, Lucie s'apprête à le boire quand elle lève la tête à la voix de Ferdi : « Y a-t-il un café sospeso à l'ardoise ? » Lucie entend alors la sienne répondre « oui », comme on répond à l'autel, elle pose un billet pour le régler aussitôt et Ferdi s'avance vers elle. Il ruisselle de sueur, s'assied sur le tabouret de bar juste à ses côtés. C'est la seule place libre, le café est bondé. Mauricio a branché un petit téléviseur couleur et tous attendent que Maradona pénètre dans le stade. Personne ne fait attention à rien d'autre, on guette l'apparition du sauveur. Ferdi regarde Lucie, il n'a jamais vu d'yeux pareils. Lui qui ne connaît pas la douceur est attiré, rassuré presque par tout ce qui émane de Lucie. Il tient sa sacoche, tremblant, et la dévisage comme on regarde la Vierge dans une église, à genoux, démuni, déjà mort sans doute. Derrière lui, derrière la porte, dans la rue du café Nube, Lucie voit les hommes de la Camorra qui le cherchent dans l'immeuble d'en face, qui s'agitent, qui vont entrer. Elle comprend.

Elle le choisit.

Ferdi a le visage d'un homme prêt à renoncer. Un élan qu'elle ne comprend pas la pousse à prendre soin de cet être comme si la vie le lui confiait, comme s'il était lié à sa demande à Dieu. « Serais-tu prête à l'accueillir ? » Elle prend la sacoche lourde des mains de Ferdi qui ne marque pas de résistance, elle la glisse sous sa robe en un paquet ramassé, on la croirait enceinte de six mois et ça lui va bien. Elle saisit son chapeau posé sur le bar, le place sur la tête de Ferdi et alors que les hommes en noir entrent et demandent : « Un type est entré avec un sac marron ? Un type qui saignait », Ferdi embrasse Lucie pour cacher son visage dans le sien, et je réponds :

« Il est entré et on l'a viré, allez régler vos conneries ailleurs ! »

Au même moment, Maradona entre sur la pelouse et une clameur emplit la ville entière. Les poursuivants ne prennent pas le temps de répliquer, Ferdi leur a échappé, ils s'élancent dans la rue à nouveau, cherchent, et le premier baiser de Lucie dure encore. Je les soustrais à l'émotion, il faut monter se cacher, ils peuvent revenir. D'un regard entendu avec Mauricio, je les fais passer par l'arrière-cour, un autre escalier mène à mon appartement. L'amie de Lucie croise les hommes en colère dans la rue, elle sent une tension, le café est plein à craquer, elle n'ose pas rentrer avec son bébé, elle fait demi-tour. Lucie a oublié leur rendez-vous, elle monte les escaliers, sa main dans celle de Ferdinando dont elle ignore le prénom mais pas le goût des lèvres.

Assis en tailleur dans le salon, nous n'allumons pas la lumière, nous ne faisons pas de bruit. Nous attendons en silence que le danger s'éloigne, nous nous regardons. Lucie voudrait embrasser Ferdinando encore, elle mouille un torchon d'eau fraîche et tente de soigner ses blessures. Ils s'appréhendent comme deux animaux, s'observent, se plaisent.

La nuit tombe peu à peu, j'ouvre la fenêtre sans déplier les volets. Dans un trou des persiennes, j'aperçois le docteur Chen qui chantonne. La rue semble paisible.

« Je dois partir, c'est l'heure à laquelle je dessine mes caricatures sur la place. Il y a du pain et un peu de charcuterie dans le réfrigérateur. C'est mieux de ne pas sortir pour le moment.

— J'ai une tante à Marseille. Elle nous accueillera. »

Le « nous » était entré dans la conversation comme une évidence. Ferdi pense qu'elle est sa bonne étoile, qu'il ne doit jamais la quitter sous peine d'en mourir. Elle l'aime de tout son être, ce jeune homme envoyé par Dieu. Il lui prend la main.

« Je ne sais pas comment vous remercier tous les deux.

— Il vous faut partir. Demain. Sans tarder. Prendre un bateau et vous enfuir. Je ne suis pas d'ici mais je sais reconnaître le danger. Je ne veux pas savoir si vous êtes bon ou mauvais car Lucie vous a choisi. Je vous demande juste de prendre soin d'elle. » Et alors qu'il s'apprêtait à me poser la question : « Non, je ne suis pas son frère mais j'observe les gens et je connais la beauté de son cœur. Ne l'abîmez pas. Quelqu'un a détruit le mien, et ça ne repousse pas. »

J'ai pris mon matériel et je suis sorti.

Ils se regardèrent un temps en silence. Lucie était plus belle que jamais. Il s'élança.

« J'ai besoin de te raconter ma vie avant de savoir si tu veux la lier à la tienne. Je vais essayer de te dire qui je suis de laid et de joli.

— Je suis prête », répondit-elle, mais il ne pouvait savoir que cette phrase s'adressait à Dieu.

« Je vais essayer de te dire les choses en un souffle, sinon je n'aurai plus le courage… Je suis né à Rome. C'est comme ça qu'on commence une histoire, non ? Ma mère était napolitaine mais elle a tout quitté quand elle a rencontré mon père et elle est venue s'installer avec lui. Elle était belle ma mère, très belle. Mon père venait d'une famille riche dont l'usine d'acier a fait faillite l'année de ma naissance. Mon grand-père s'est tué de honte, son orgueil, sa fortune, c'était toute sa vie. Ma mère a suggéré qu'ils aillent s'installer à Naples le temps que les choses aillent mieux. Mais rien ne s'est amélioré, mon père possédait toutes les qualités qui ne servent pas à gagner de l'argent, il était cultivé, honnête, il avait le sens de l'honneur mais c'était un gosse de riches préparé à reprendre la suite de sa famille, habitué aux draps frais, aux petits déjeuners posés sur la table avant son lever. Il est devenu guide, c'était le seul boulot qu'il avait pu trouver et garder à Naples. On ne roulait pas sur l'or mais mes parents s'aimaient. Je pense qu'ils n'ont jamais réussi à avoir d'autre enfant, il y avait de la place pour le silence à table et une place vide en face de moi.

C'était il y a bien longtemps, je remonte un peu loin… J'ai vingt-quatre ans maintenant, mon père est mort il y a plus de dix ans et ma mère le mois dernier. »

Lucie qui n'osait l'interrompre signifia sa désolation d'une moue.

« Tu t'en doutes, aujourd'hui je suis mêlé à des choses qui ne sont pas élégantes... pas honnêtes... Des choses en lien avec la... Des choses pas belles. »

Camorra était le terme qu'il n'arrivait pas à prononcer. Il est devenu célèbre par la suite, banalisé, mis à la mode par des séries télévisées, mais dans ces années-là, il était encore diabolisé comme le nom de Dieu est sanctifié, il y a des mots qui ont une incidence si votre voix s'en empare, si d'autres les entendent ou pire les répètent. Et, comme résonne le nom divin dans une église sans avoir besoin de l'évoquer, ses vêtements crasseux de sueur, son sang, sa peur, le sac qu'il tenait près du cœur, tout prononçait silencieusement le mot maudit.

« Enfant, sans que j'en prenne conscience, mon oncle maternel me nourrissait d'une sorte de mythologie mafieuse. Dans le noir de ma chambre, il me racontait l'histoire d'Osso, Mastrosso et Carcagnosso, trois frères de Tolède qui avaient tué un homme pour venger leur sœur qu'il avait "déshonorée" – j'étais trop petit pour comprendre ce qu'un viol voulait dire mais je sentais la gravité des faits. Leur vengeance leur avait coûté d'être emprisonnés dans l'île de Favignana. Quand ils ont quitté leur prison, trente années après, ils étaient des hommes usés et neufs à la fois qui plaçaient l'honneur et le silence avant toute chose. La légende veut qu'ils se soient séparés ensuite. Osso serait resté en Sicile où il aurait inspiré la Cosa Nostra, Mastrosso se serait embarqué pour la Calabre pour fonder la 'Ndrangheta et Carcagnosso arrivé jusqu'aux terres de l'ancienne "Campania Felix" aurait édifié la structure de la Camorra, qui sévit aujourd'hui à Naples. J'adorais cette histoire qu'il mêlait avec des anecdotes de combats, leurs techniques pour résister à la torture, leur sens de l'honneur, les rites de passage des chevaliers, la façon dont les territoires espagnols étaient devenus italiens, comme nous étions forts... À chaque fois qu'il venait dîner le dimanche, je lui demandais de me répéter tout précisément sans oublier les détails et je le suppliais d'en rajouter.

"Et pourquoi Carcagnosso est notre préféré ? Qu'a-t-il créé ?"

Je répondais, fier de moi. Mais ce mot je l'articule avec honte désormais car j'avais été prévenu et je n'ai pas voulu croire en la malédiction du mal. Un soir, mon père qui s'attendait à une légende de loup-garou a glissé sa tête à la porte et entendu ce qui ne devait pas être prononcé. Il a attrapé mon oncle par le col, j'ai mis mes mains sur mes oreilles et j'ai fermé les yeux. L'oncle ne revint plus les dimanches. Je ne l'ai pas revu pendant plusieurs années. Par courtoisie, il a assisté à l'enterrement de papa, en retrait. Mon père avait laissé juste un peu d'argent derrière lui, une somme ridicule. Ma mère qui n'avait jamais rien fait que la cuisine a accepté l'offre qu'elle croyait généreuse de reprendre l'échoppe du vieux monsieur d'en bas ; je dis échoppe parce qu'on ne pouvait pas vraiment appeler ça une boutique, c'était une espèce de petite ouverture sur la rue où il vendait des produits de première nécessité. Le soir en me bordant, ma mère se rêvait en marchande, moi derrière le tiroir-caisse, attirant les passantes avec mon beau sourire d'enfant. Je rêvais aux caramels gratuits, elle pensait qu'elle me mettait à l'abri. Mais ma mère n'y connaissait rien et le loyer que le vieux lui avait demandé était très élevé. Elle n'avait pas vraiment calculé ce qu'elle devait vendre pour que cela soit rentable. Elle ne savait pas où acheter les choses au prix de gros. Très vite, la bonne idée est devenue notre perte. Et mon oncle, qui venait dîner de plus en plus régulièrement en apportant avec lui des produits dont nous manquions cruellement, a su gagner ma confiance. Il avait trouvé un moyen de faire racheter l'échoppe… Et nous avons mis un doigt dans l'engrenage… je n'entendais même pas chuchoter le mot maudit de Camorra… mais peu à peu, sans le nommer, mon oncle me convertissait à leurs idées, à cette sensation de famille au-dessus de ma tête qui nous protégeait, nous les pauvres gens. Il m'avait convaincu qu'ils étaient une espèce de mouvement de résistance face aux institutions qui sous couvert de légalité ne faisaient qu'exploiter le petit peuple. Et qu'au lieu de "marche ou crève", nous nous autorisions un détour pour rester la tête haute et ne pas devenir un maillon de plus dans une vie de labeur, ne pas être piégé comme un hamster dans une roue.

"Regarde ta mère ! A-t-elle été récompensée ? Et ton père qui me donnait tort ? Usé par son travail souterrain, livide de n'avoir pas vu le soleil pour la moitié de sa vie…"

Je l'ai écouté, j'avais seize ans, aucun avenir ne se profilait. Il m'a confié mon premier job. Je devais guetter pour voir si la police débarquait dans le quartier et pour ça, on me donnait un billet. Ça semblait si simple. Mon oncle me regardait avec fierté alors je me suis convaincu que c'était la bonne chose à faire. J'ai fait taire la voix intérieure de mon père. Ça a commencé comme ça, puis c'est devenu de plus en plus noir, très noir, noir et puis rouge. J'ai fait couler du sang, la première fois j'en ai vomi. L'odeur du sang qui brunit…

Et la fois d'après, et encore après… Je me suis détesté de m'habituer à l'horreur. Je pense que c'est la honte qui a en partie tué ma mère, elle a développé un cancer de la gorge, elle est morte en six mois, c'est mon comportement qui lui a coupé la respiration. »

Il a retenu un sanglot.

« Les derniers mois, j'ai été chargé de récolter des paiements en espèces mais certaines familles ne peuvent pas payer et se délestent de leurs montres, bagues, bijoux… Mon oncle m'a demandé de donner l'argent à celui qui nous chapeaute mais de mettre une partie du butin en nature de côté, de n'en parler à personne et de tout cacher à la maison. Ça a duré quelques mois : je ne voulais pas comprendre mais la tension augmentait et mon oncle m'a dit qu'il risquait de disparaître un peu et m'a demandé d'inventer une histoire de famille. On a commencé à me poser des questions et la peur montait. Ce matin tôt, j'ai pris le sac plein de bijoux pour m'en débarrasser, je voulais le rendre et descendre du manège. Mais quand je suis entré chez mon oncle il était mort, j'ai à peine eu le temps de faire volte-face, de descendre les escaliers en trombe, de m'enfuir, ses assassins me poursuivaient. Même si je leur avais rendu le sac, ça n'aurait rien changé. On liquide les traîtres. Alors, tu vois, c'est tout ce qu'il me reste. Ces bijoux. Et toi. »

Il a laissé un long silence. Elle a pris une longue inspiration.

« Comment t'appelles-tu ?

— Ferdinando. Ferdinando Gelmini.

— Ferdinando… C'est beau. C'est le nom des grands voyageurs. Tu le sais ?

— Et où allons-nous… ?

— … Lucie…

— Où allons-nous Lucie ? »

À ces mots, il y eut un énorme bruit sur le palier… Ferdinando se précipita pour prendre Lucie dans ses bras, il ne l'avouera jamais mais il le faisait autant pour se sentir rassuré que pour la protéger. Puis ils entendirent Mauricio pester, il tapa à la porte.

« Je vous laisse des tiramisus devant la porte les jeunes. Ils sont un peu secoués, mais ils sont très bons. »

Lucie et Ferdi rirent et le rire se transforma en un baiser, et le baiser se transforma en un cri qui se confondait entre peine et extase, douleur délicieuse, instinct du plaisir qui suivra. Ce soir-là, je tentai de faire la caricature d'une femme dont l'âme était si belle que je n'ai pu la croquer. Elle m'a dit « je comprends » comme si cela lui arrivait souvent et disparut dans la nuit. Elle me fit presque oublier le miracle qui grandissait dans mon appartement. Quand je rentrai les tiramisus secoués étaient encore sur le palier, je retrouvai Ferdi et Lucie endormis, couverts d'un simple drap sur mon canapé, et cela m'émut aux larmes.

À l'aube, ils étaient prêts, tous les deux. Lucie s'était réveillée en pleine nuit pour cuisiner des sfogliatelle. Ferdi et moi en dévorâmes une chacun. Lucie me laissa l'adresse de la maison de retraite afin que j'aille dire quelques mots à son patron et qu'il rassure les pensionnaires dont elle s'occupait.

« Avec les sfogliatelle, ils sauront que je suis heureuse. »

Je me sentis obligé de donner un conseil à ces jeunes gens alors que je n'avais que trente et un ans, mais plus je vieillissais, moins il me semblait comprendre le sens de la vie.

« Prenez du temps. Ne vendez pas les bijoux pour le moment. Cachez-les plusieurs années. Travaillez dur comme si vous n'aviez rien et un jour quand le danger sera loin, que vous l'aurez mérité, que l'argent ressemblera à une récompense et plus à un larcin, alors vous irez les vendre, promettez-le-moi ! »

Les serments faits, les adieux expédiés afin qu'ils embarquent au plus vite sur le premier bateau, je me rendis à l'hospice avec mon sac de sfogliatelle. Le directeur était un petit gars dodu et sans âge. À force de fréquenter la vieillesse, il semblait que son corps se fût isolé du décompte. Il aurait pu avoir vingt-cinq ou cinquante ans, il se contentait d'être un tout quasi immuable comme un personnage de bande dessinée. Il me reçut chaleureusement, persuadé que j'allais inscrire un parent, mais je lui expliquai que je venais de la part de Lucie qui avait trouvé l'amour, que c'était inattendu et qu'elle avait suivi l'homme de sa vie en Russie. Je ne sais pourquoi, cela me semblait mieux et je ne voulais pas prendre le moindre risque qu'on puisse la retrouver à Marseille.

« Mais comment ça, l'homme de sa vie ?
— Oui, ça a été une évidence.
— Une évidence qui date de quand ?
— Hier soir ! »

Il pouffa.

« Vous êtes sérieux ? »

Il n'était a priori pas familier avec ces choses de l'amour. Je restais impassible alors il rougit de colère (ou de honte, qu'en savais-je ?). Je dépliai un petit bout de papier avec le nom d'une remplaçante recommandée par Lucie. Il se dérida.

« Vous allez les prévenir vous-même. »

Un instant après, j'étais dans l'arène avec un public des plus enthousiastes, des bouts de sfogliatelle dans les dentiers, prêt à entendre le récit de la grande histoire d'amour de Lucie. Ça piaffait d'impatience, secouait les quatre pieds d'un déambulateur ; ça remontait les sonotones, ça se raclait la gorge pour ne pas prendre le risque de m'interrompre... Mais je savais qu'il m'était impossible de raconter la véritable histoire de Lucie sans la mettre en danger. Je plongeai donc dans mes souvenirs de lectures russes ; grandes fresques romanesques, larmes, déchirements, passion. Que diable allais-je pouvoir leur raconter ?

Je sortis trois heures après sous les applaudissements de mon public et les ronflements de l'un d'entre eux. Un petit moustachu n'avait de cesse de répéter que c'était énoooorme... Je n'avais oublié aucun détail : la quête d'amour de Teodorov, ce jeune homme veuf parti à Naples à la demande du fantôme de sa femme qui cessa de le hanter dans un dernier sourire à la vue de Lucie, la garde qui le suivait partout car il était le descendant d'un prince russe qui se battait contre le régime et les injustices, les yeux de Lucie quand elle goûta au caviar pour la première fois, la demande en mariage au clair de lune sous sa fenêtre en jouant du violon, la mère jalouse, un duel et le premier baiser.

Un « ooooh ! » général et émerveillé ponctua mon récit.

« Et tout ça en une nuit ? demanda une vieille dame avec des bigoudis.

— Tout ça en une seule nuit, oui.

— C'est plus que toute ma vie... » conclut-elle dans un murmure enchanté.

Et la vie passée de Lucie lui semblait à elle aussi toute petite à mesure que le navire s'éloignait de Naples, elle tenait désormais dans la paume de la main de Ferdinando. Ils ne savaient pas que Lucie portait déjà une autre vie dans la sienne.

Avec du recul j'ai pensé que j'avais imaginé toute cette histoire aussi, elle me semblait aussi folle que celle du prince russe et surtout je ne pouvais plus imaginer leurs visages dans ma tête, ils s'étaient évaporés. On ne retrouve pas un rêve. Il s'en va avec la nuit. Comme Lucie derrière l'écume du bateau dans les bras de Ferdinando.

Pourtant, quand Ferdi entrera au café Nube avec son petit-fils sur les épaules trente-trois années après, nous nous reconnaîtrons immédiatement. Il aura gardé son air juvénile mais son visage aura changé à la mesure de son bonheur. « C'est ici que j'ai rencontré ta grand-maman pour la première fois, dira-t-il au petit garçon. Et ce monsieur nous a aidés. » Il sera d'une douceur angélique. L'émotion le parcourra quand il regardera tout autour, qu'il verra le décor majeur de sa vie resté intact, qu'il commandera un café et en paiera un deuxième. Remontera en lui le souvenir précis de ce jour qui changea sa destinée et celle de Maradona car sans le savoir encore, ils avaient tous les deux trouvé le chemin de la maison.

Le foulard
1990

Pour Agrippina qui n'avait jamais quitté sa ville natale, tous les gens qu'elle aimait à la télévision ou dans les magazines étaient napolitains de près ou de loin. Certains pouvaient avoir honte de leurs origines et les dissimuler sous un pseudonyme, Agrippina voyait clair dans leur jeu et marmonnait à la vue d'un geste familier « il est de chez nous, évidemment ! ». Ainsi Marlon Brando, André Agassi, la Joconde, Marilyn Monroe et Fred Astaire avaient vécu à Naples pour l'un, dîné dans la trattoria de Marco l'an dernier pour l'autre, pris la pose dans la maison de la cousine via Benedetto Croce, partagé une nuit torride avec Attila le poissonnier muet aux cheveux longs ou encore, pour Fred Astaire, dansé piazza del Plebiscito avec Agrippina elle-même qui lui avait « tout appris ». Presque tous les gens « bien » étaient de la même origine qu'Agrippina. Elle doutait cependant de la bonne foi de Sophia Loren qui se déclarait napolitaine mais dont elle avait bien fréquenté la sœur qui était milanaise ! Agrippina aimait aussi raconter à sa petite-fille sa rencontre avec Fellini qui l'avait harcelée pour qu'elle joue le rôle d'une poissonnière plantureuse dans un film. Elle avait résisté car à l'époque elle aidait un commissaire de police à résoudre des crimes et se savait indispensable à la sécurité de la ville. Elle avait également effectué des fouilles secrètes à Pompéi et déjeuné d'un pique-nique frugal avec Jean-Paul II qui lui avait demandé son avis sur la politique internationale. Agrippina souffrait d'une mythomanie qui me ravissait. Elle faisait pleurer de rire le café Nube à chacune de ses anecdotes qu'elle croyait bon de hurler sur le ton de la confidence :

« Tu m'écoutes ? Écoute-moi bien, je n'ai jamais dit ça à personne ! »

La temporalité, la crédibilité n'entraient pas dans les fuseaux de son imagination et si quelqu'un osait la contredire elle s'offusquait : « Vous me traitez de menteuse, peut-être ? »

Chiara avait un peu honte des démonstrations et des éclats de voix de sa grand-mère mais elle aimait écouter ses histoires et y adhérer comme un enfant croit encore au Père Noël longtemps après avoir découvert la vérité. Agrippina payait toujours quatre cafés et en laissait deux à l'ardoise comme on salue son public. Elle était une des figures du café Nube et adorait se moquer de moi. Le monde entier était napolitain mais j'étais « le Français » et elle me surnommait Mitterrand. À n'importe quelle heure de la journée, alors qu'elle passait sa commande, elle criait « Vous ajouterez une douzaine d'escargots à l'ail, du camembert et une demi-baguette pour Mitterrand ! C'est moi qui régale ! ». Ça avait toujours un franc succès. Chiara s'excusait pour sa grand-mère, avec des joues rouges et un regard timide. Elle était une somme de contradictions ; charmante, surtout quand ses cheveux relevés en chignon laissaient toute la place à son regard miel ; réservée mais décidée, elle avait hérité du caractère bien trempé de sa mamie Agrippina qu'elle exprimait de manière différente. Beaucoup de jeunes hommes lui faisaient les yeux doux mais Chiara ne les regardait pas, elle pensait qu'elle aurait un destin à part et, qu'un jour, les événements exceptionnels qui l'y conduiraient se dérouleraient naturellement comme dans les livres. Elle n'était pas friande des histoires à l'eau de rose qui faisaient rêver ses copines, elle leur préférait les romans d'aventures ou les biographies dans lesquelles elle se plaisait à repérer ce moment qui faisait basculer une vie, la rencontre, la phrase ou le trauma qui commençait le parcours atypique du héros. Aimer un homme pourquoi pas, mais il s'agissait d'abord de trouver son métier, construire son statut, ériger sa propre réussite. Elle n'était pas de ces filles qui battaient des cils devant chaque prétendant. Elle n'attendait pas l'amour, mais l'exceptionnel. Une route, un signe, le déclencheur. À ses yeux, qu'on définisse une femme par le bras auquel elle s'agrippait était une chose insultante. Elle voulait devenir quelqu'un, pas la femme de quelqu'un. Elle étudiait pour accomplir de grandes choses et aimait débattre avec le sexe opposé, prendre le dessus, les étonner. Elle rêvait d'un destin à la Carla Lonzi, devenir écrivain peut-être, ou peintre comme elle en rêvait avant même d'avoir su dessiner, mais avant tout libre, révoltée, elle voulait vivre sa vie cheveux au vent et choisir les hommes qui se glisseraient sous ses draps le temps de son désir. Agrippina s'agaçait des théories féministes de sa petite-fille et lui tapait sur les doigts quand elle les évoquait : elle était une jeune femme gâtée qui laissait filer ses chances, la beauté durait le temps de quelques étés ! Elle avait perdu ses parents, un jour sa grand-mère s'en irait à son tour, il fallait de l'avis général qu'un homme la protège mais Chiara maintenait qu'elle n'avait besoin de personne.

« Regarde la cousine Betti, elle a fait la fine bouche et elle a fini seule !

— Elle est moustachue et j'ai d'autres rêves mamie. »

La vieille dame adorait les mariages, elle y faisait systématiquement un discours ; même si elle n'était pas invitée à la noce, il suffisait qu'elle entende de la musique dans un restaurant ou sur une place de village pour se faufiler entre les invités et monter sur scène. Elle rêvait d'assister à celui de sa petite-fille dont elle admirait en secret les aspirations et la force rebelle.

« Regarde celui-là, Chiara ! Le grand gaillard au bar, il est très bien. Je connais sa famille, ils ont plusieurs charcuteries et une très belle villa à Capri.

— Mamie ! marmonnait la jeune fille entre ses dents en roulant des yeux.

— Tu serais si belle avec une robe blanche en dentelles. Et ils font LA meilleure saucisse de Naples !

— Mamie, tu parles très fort.

— Tu sais que pour faire une bonne saucisse, on ne prend pas les restes, on prend les pièces nobles. On est comme ça, nous les Napolitains. Et quelqu'un qui sait faire les saucisses sait voir la beauté. Vous n'êtes pas d'accord, le Français ? »

Je souriais à chacune de ses apostrophes pour ne pas embarrasser Chiara davantage en répondant.

« Mamie, j'ai honte, s'il te plaît.

— Quand on n'a jamais connu le chagrin, alors on ne mesure pas le trésor qu'est sa joie ; même si elle nous emplit paisiblement, qu'elle n'est pas une immense réjouissance mais un simple contentement, le fait que la vie se déroule sans encombre. Si tu m'écoutais, tu aurais cette sorte de joie.

— Mamie, tu dis n'importe quoi !

— Je dis n'importe quoi ? Tu ne réalises pas que la vie passe à toute vitesse. Et plus elle passe, plus elle passe vite. Comme un sablier qui s'écoule, on sent à la fin que tout se précipite, que tout se bouscule. Et le sable perdu ne reviendra plus jamais. Tu dois cueillir le temps, arrêter de vivre dans la peur ! »

Agrippina dénoua alors l'écharpe de soie parme qu'elle avait autour du cou et qui avait toujours fait rêver Chiara. Elle était l'œuvre d'un très grand couturier du centre-ville qui habillait la noblesse, du moins était-ce ce que sa grand-mère lui avait toujours dit. (Y avait-il même des nobles à Naples ?) Les mots n'existent que s'ils sont entrecoupés de silence ; le vide compose aussi nos corps, ainsi, il y a en nous l'inscription invisible du destin que nous trimballons comme les bosses qui restent des blessures passées. La vieille dame le savait mais comment expliquer cela à sa petite-fille sinon en lui offrant un lien délicat qui la protégerait et la lierait à elle tout à la fois, pour toujours, comme on étrangle l'être aimé ?

Agrippina regarda Chiara avec émotion et noua l'écharpe autour de son cou, comme on transmet une puissance invisible.

« Elle est à toi désormais, et c'est aussi ta première leçon sur le bonheur. »

La jeune fille embrassa chaleureusement sa grand-mère.

« Et quelle est la seconde leçon ?

— Elle viendra. »

Cette année-là, Chiara passa beaucoup de temps avec sa grand-mère. Elle lui réclamait souvent sa recette du bonheur mais la vieille friponne ne voulut jamais rouvrir le sujet. Quand Chiara lui en parlait, Agrippina se contentait de caresser la pièce de soie qui lui avait jadis appartenu et elle alpaguait l'assistance pour ne pas avoir à répondre.

Quand la fatigue de trop s'installa chez Agrippina, elle convoqua sa famille pour un grand déjeuner. Comme on sent la pluie s'approcher dans le parfum qu'elle éveille en des arbres familiers, la vieille dame sentit la mort s'avancer, elle avait une odeur d'encens et les parfums mêlés de celui qu'elle avait aimé, de sa mère partie trop tôt et des fêtes dans le parc de jasmin de son enfance ; elle promettait des saveurs douces à Agrippina qui croyait en Dieu comme dans les stars de cinéma. Après le repas qu'Agrippina avait cuisiné avec amour, Chiara l'aida à s'asseoir à l'ombre du mimosa. Elle demanda à sa grand-mère de lui révéler la seconde leçon sur le bonheur mais la vieille dame était fatiguée et lui promit qu'elles parleraient plus tard, à son réveil.

À l'heure de la sieste, un sourire aux lèvres, Agrippina s'éteignit dans son sommeil. Il y a des morts heureuses. Avant que le jour ne tombe, Chiara s'approcha et comprit. Elle trouva qu'Agrippina n'avait jamais été aussi belle. Elle ne toucha pas le corps froid mais se saisit d'un crayon qu'elle trempa dans la terre à ses pieds et dessina sa grand-mère morte sur un bout de papier. Elle ne pleura pas mais essuya son travail avec son écharpe comme on essuie des larmes, ce qui créa une sorte de fondu gris et conféra à son dessin une étrangeté puissante. Elle le plia et le mit dans la poche de sa grand-mère. Ensuite seulement, à la nuit, elle prévint le reste de la famille. Elle ne pouvait pas savoir qu'ici se jouait ce fameux instant où tout basculait d'une vie normale au début de son parcours d'artiste, elle ne le comprendrait que bien plus tard.

On regretta Agrippina, mais personne ne fut profondément triste tant elle continuait à vivre en chacun. Elle avait laissé assez de souvenirs, d'anecdotes et de légendes pour des moments joyeux. Chiara seule avait du mal à surmonter son absence. Elle pensait que sans cette seconde leçon, le bonheur lui serait à jamais impossible. On voyait souvent Chiara déambuler dans le quartier, son écharpe de soie autour du cou, hiver comme été. Au café Nube, elle perpétuait la tradition et laissait toujours un café suspendu, on lui rappelait souvent les anecdotes de sa grand-mère mais elles ne la faisaient plus sourire. Chiara était d'un tempérament discret, et son cœur plombé tirait la commissure de ses lèvres vers le bas, comme si un enfant avait dessiné son visage triste. Dans le petit appartement qu'Agrippina lui avait légué, elle se mit à peindre des vieilles dames nues sur des grandes toiles de façon obsessive, avec de la boue, comme si Agrippina pouvait renaître de la poussière. Il lui arrivait de suivre des cortèges mortuaires, d'entrer dans des églises pour voir des corps de femmes mortes. Ses tableaux étaient à couper le souffle de beauté mais il leur manquait sans doute une touche d'humanité, d'étrangeté pour transformer de très belles œuvres en un travail indiscutable. Chiara cherchait sans relâche. Elle avait toujours les mains noircies par ses heures de travail quand elle venait, éreintée, se ressourcer au café Nube.

Un jour qu'elle en sortait, Alfred la bouscula en entrant et ne s'excusa pas ; non par rustrerie car ses manières étaient irréprochables mais tout simplement parce que les gens malheureux deviennent invisibles. Alfred, lui, n'était pas de ceux qu'on ne voyait pas. Tout lui souriait. Il venait d'une famille bancale et saltimbanque, il avait fait le choix de ne pas leur ressembler. Après de brillantes études de droit, il avait publié des ouvrages, était devenu une des figures intellectuelles qui comptaient en Italie. Né Alfredo Ottolante, il avait retiré le « o » de son prénom pour que cela sonne mieux. Et sans doute avec la disparition de ce « oh » avait-il sans le savoir tenu à contrôler tout ce qui aurait pu dépasser ou dissoner dans sa vie. Il était resté dans son Naples natal, plus par pragmatisme que par vrai amour de la ville, il y avait moins de concurrence ici qu'à Rome, ça avait été plus facile de se frayer un chemin. Alfred s'était défini comme un « penseur napolitain », il aimait donner sa vision analytique sur les failles et les forces de sa région, son pays. Son cabinet touchait au pénal mais était spécialisé en droit des affaires. Situé dans un petit palais ancien, mitoyen à l'immeuble qu'occupait le docteur Chen, il avait des bureaux pour chacun de ses trois collaborateurs, le dernier était partagé par une secrétaire et une attachée de presse à temps plein qui s'acharnait à le placer dans le plus d'émissions de radio ou télévision possible, articles de presse, conférences, tout ce qui ajoutait à sa notoriété. Il représentait aussi pro bono des jeunes à la dérive pris dans l'engrenage « anti-social » comme il aimait l'appeler. Alors que cela n'avait rien à voir avec son domaine de compétence, il parlait aussi énormément d'immigration car c'était à la mode, les gens aiment qu'on agite leurs peurs comme de grands drapeaux, et qu'on y mêle des mots savants.

« Dottore, qu'est-ce que je vous sers ? »

Pour la première fois en quinze ans, il demanda à Mauricio « un whisky bien tassé ».

« On célèbre quelque chose ? »

Il se contenta de sourire et Mauricio mit cela sur le compte de la pudeur. Ce type était décidément très élégant. Tout le monde à Naples savait que l'un des dossiers qu'il avait plaidés il y a vingt ans avait fait l'objet d'un documentaire dont maître Alfred Ottolante était l'un des protagonistes et qui était diffusé le soir même sur la plus grande chaîne d'Italie. Grâce à lui, un homme accusé à tort était sorti de prison et on avait également démantelé un énorme réseau de prostitution infantile. Cela allait peut-être en faire un héros national et on murmurait qu'il pourrait entrer en politique. Mauricio projetait de se prendre en photo avec Alfred Ottolante et d'encadrer l'image sur le mur des toilettes. Les gens l'admiraient, les femmes le désiraient, il aurait dû sourire sans discontinuer, pourtant ce n'était pas le cas. Il faisait tout comme un automate, passif, hermétique aux émotions qu'aurait dû lui inspirer sa propre vie. Et c'est même pour cela qu'il buvait son whisky plus vite que de raison. Hier, une avant-première avait eu lieu. Le film était puissant, les gens émus, ses enfants parfaits l'avaient serré dans leurs bras potelés, tous ses collègues l'avaient applaudi mais il n'avait rien ressenti. Même lorsqu'il vit que la réalisatrice avait élégamment dédié le documentaire à la mémoire de sa femme disparue d'un cancer. Rien. Pas la moindre émotion. Comme s'il vivait à côté de lui-même.

Il le savait depuis un moment sans se l'avouer mais cette fois, il ne pouvait faire taire cette question évidente :

« Pourquoi est-ce que je ne ressens rien ? »

La constatation de son absence de sentiments ne le fit même pas souffrir, il avait oublié cette sensation aussi. À le regarder, on ne pouvait soupçonner cette extinction émotionnelle car il n'était impassible qu'en dedans. Il souriait, prenait l'air affligé, mimait l'agacement mais par déduction et raison plus que par instinct ou mécanisme, comme un acteur de bas étage. Cette pathologie s'appelle l'anhédonie. Alfred n'en a aucune idée mais ce phénomène s'est mis en place pour le protéger. Quand il a su qu'il allait perdre la femme qu'il aimait, il a cessé de ressentir la moindre peine et cela s'est accompagné d'une résistance à la joie ou à n'importe quelle émotion. À sa mort, il n'a pas éprouvé d'immense souffrance, pire il n'a rien ressenti du tout. Même pas le froid dans le cimetière battu par les vents. Anhédonie évidente. Ce néologisme vient du mot grec « a », qui signifie « sans », et du terme « hédoné », qui désigne « plaisir », et c'était cela, Alfred était un homme sans plaisir mais personne n'aurait pu s'en douter. Ses gestes étaient automatiques, ses sourires logiques. On le disait fort, puissant, il était tout cela, comme une statue, un bloc de marbre. Il était courtisé par des femmes très belles mais il ne dépassait pas le stade d'un simple baiser. Comment faire pour avoir de la peine à nouveau ? Une souffrance qui pourrait ensuite le ramener vers le bonheur… Quand il buvait son café chez Mauricio, Alfred prenait son temps, espérait une révélation proustienne et analysait chaque instant comme si le secret était caché dans les arômes amers sur son palais, mais en vain. Comment vivre les choses au lieu de les penser ? Réduire cette distance entre la narration de sa vie et sa vie elle-même ? Ne plus faire semblant ? Alfred avait-il perdu son « o » pour toujours ?

Chiara avait peur de marcher seule dans la rue car depuis quelque temps, elle tombait à la renverse sans raison. Elle sentait le vertige naître dans son estomac et un second plus haut, comme au-dessus de sa tête. Elle luttait pour dissocier son corps et l'ombre de son âme mais quand un lien réunissait les deux, alors elle s'effondrait, les yeux révulsés. Elle avait vu plusieurs médecins mais tous lui avait confirmé que c'était psychosomatique. Elle sentait son chagrin mais n'en comprenait pas la cause profonde. Les mois passaient et la joie ne revenait toujours pas sur le visage de la belle Chiara. Elle tentait de se souvenir des recommandations de sa grand-mère car la clé était peut-être cachée là ? Dans l'évocation de la recette de la saucisse ? Dans son envie que Chiara se marie ? Dans la fantaisie de ses mensonges ? Rien n'indiquait être la formule du bonheur.

Puis, un jour d'août, lui vint une idée lumineuse. Chiara avait appris de sa grand-mère que pour retrouver une chose égarée, il fallait revenir sur ses pas, retracer sa journée, chacun de ses mouvements dans les moindres détails. Aussi, Chiara commença à faire machine arrière pour savoir où elle avait perdu son bonheur. À reculons, elle le retrouverait certainement. C'était l'heure de la sieste, elle se mit à courir, les toits verts et orangés plombés par le soleil prenaient des allures de portes infernales. La lumière était si forte qu'elle aveuglait les statues. Les rares corps moites qui circulaient dans les rues semblaient le prolongement de la ville, comme si les Napolitains se mêlaient à leur décor, ne faisaient qu'un avec leur cité qui les engloutissait et respirait à travers eux tout à la fois. Chiara y chercha son bonheur en vain. Dans les catacombes du quartier de Sanita lors d'une fête secrète qui tourna mal, sur le carrousel où elle chevauchait une licorne, enfant, sur la mobylette d'Anton, son béguin de lycée, les cheveux dans le vent, accrochée à ses flancs. Mais Anton préfère les garçons et le lui dit un après-midi sur la plage. Le bonheur perdu n'est pas ici. Elle cherche encore. Devant la pizzeria de Michele, elle voit le fils du charcutier embrasser une brune plus jolie qu'elle. Elle essuie ses larmes dans l'écharpe d'Agrippina, se dit qu'elle aurait dû écouter sa grand-mère, qu'elle a laissé passer toutes ses chances, qu'elle finira seule et sans le destin magique qu'elle s'imaginait bêtement. Le chagrin qui s'est installé en elle rend toute vision de l'avenir sombre charbon.

Elle persiste, elle cherche encore. Le bonheur doit être caché sous ses pas à rebours. Cette semaine-là, elle va partout mais rien ne revient que septembre. Elle est à court d'idées. L'été touche à sa fin. Elle sort de l'église, pas de femme morte aujourd'hui. Rien à dessiner. Son écharpe de soie a l'odeur de sa grand-mère et les larmes lui montent aux yeux. Sur le chemin du retour, les choses se transforment alors. Tout demeure mais Chiara a changé. Sa panne de joie suscite en elle des pulsions qu'elle n'a jamais connues avant. La mélancolie donne à ses yeux des allures de lendemains de fête. Elle n'a pas peur de dévisager les hommes qu'elle croise. Rien n'est interdit à ceux qui souffrent. Le désir se loge entre ses cuisses. Certes, elle a déjà eu envie d'un homme mais c'était la conséquence logique d'un imaginaire qui commençait par l'amour. Là, c'est différent, ce désir inattendu dégouline, il vient du bas-ventre, il a quelque chose de violent. Chiara veut en faire l'expérience comme on veut s'abîmer. Elle fixe les gens jusqu'à ce qu'ils baissent la tête. Et puis, un homme le regarde en retour, jusqu'à lui attraper la main.

« Comment tu t'appelles ? »

Elle a peur soudain et veut l'esquiver mais elle a réveillé l'instinct animal de celui qui lui fait face.

Elle ne répond pas. Il la prend par la main, ses paumes rugueuses rendent celles de Chiara moites. Il l'entraîne dans une ruelle et la plaque contre un mur, soulève sa longue jupe en coton bleu et s'agenouille. Il embrasse le sexe de Chiara comme on donne un premier baiser d'amour. Les cuisses de la jeune femme se serrent, il les écarte doucement, elle lui attrape les cheveux pour signifier « assez ! », un instant après, elle lui caresse la tête pour dire « encore ». Il se relève, prend le temps de la regarder et détache l'écharpe autour de son cou. Il la place délicatement sur les yeux de la jeune femme et la noue derrière sa tête. Il sort son sexe de son pantalon, la pénètre profondément. Ça ne dure pas longtemps. Elle perd sa virginité, les yeux bandés. Il la laisse dans le noir, sous la soie, souillée d'un sperme inconnu et de sa propre folie. Elle retire le foulard, le jette au sol car elle ne s'en sent plus digne et se met à pleurer la jeune fille qu'elle a été et dont elle semble avoir perdu la trace.

La rue derrière est noire de monde ; ses yeux qui se sont habitués à l'obscurité sont éblouis par la lumière des réverbères, comme si deux films qui n'avaient rien à voir étaient montés ensemble. Il y a une chanteuse qui crie, une crieuse de jazz. Et des gens qui applaudissent les cris. Chiara se demande s'ils étaient de ceux qui auraient exulté face au discours d'un dictateur ou si elle est la seule à entendre que cette femme hurle sa colère déguisée en énergie positive. Les gens ralentissent à sa hauteur comme pour regarder un accident en bord de route. Persuadée que c'est une preuve de son talent, elle redouble d'efforts. Chiara a une envie folle de lui dire de la boucler sans doute parce qu'elle-même n'ose pas crier toute sa colère et tout son chagrin. Alors qu'elle a déjà marché une bonne dizaine de minutes en direction de la maison, un chien s'avance vers elle. Il tient dans la gueule le foulard d'Agrippina. Elle se penche et le remercie comme on remercie un humain car elle ne sait pas s'y prendre avec les animaux et enroule à nouveau le tissu violine et baveux autour de son cou, tel un pardon ou une malédiction des cieux.

Au même moment, Alfred borde ses filles dans leurs lits trop grands, raconte des histoires, fait des bisous, le cœur désert. Il pense souvent qu'il est éteint, dans un état de mort émotionnelle. La sexualité aurait pu peut-être le ramener à la vie mais l'idée même ne l'enchante plus, ce n'est pas du dégoût mais une simple indifférence, cette gesticulation accompagnée de râles lui semble bien ridicule. Au cabinet, le lendemain, une de ses assistantes qui le regarde comme une femme amoureuse et saisit ce qu'il ne comprend pas lui-même lui conseille de consulter le docteur Chen, juste en bas du bureau, et il s'en offusque :

« Pourquoi irais-je chez le docteur ? Je vais parfaitement bien.

— C'est justement quand on va bien qu'il faut aller le voir. Ça se passe comme ça chez lui, au pays du Soleil-Levant ! » s'amuse-t-elle, toujours en train de flirter, sans qu'il veuille s'en apercevoir.

Alfred aimait bien l'idée de ce docteur en prévention car il n'aurait pas besoin d'exprimer officiellement son mal-être. Il prit rendez-vous, mais alors qu'il était dans la salle d'attente, il vit par une fente dans la porte de bois le docteur parler à un être imaginaire. Le panda était revenu pour une visite de courtoisie mais évidemment Alfred ne pouvait pas le savoir. Il n'avait pas dans le cœur la capacité de voir les pandas fantômes ni même de comprendre leur existence. Alfred s'en alla donc de chez ce médecin chinois qu'il prit pour un fou et décida de vivre avec son vide.

Chiara avait refait tous les chemins de sa vie à l'envers, elle était retournée voir son lycée, la maison de son enfance, le glacier de la plage de Bacoli, la bibliothèque où Sofia avait caressé son genou, l'atelier de couture de son oncle, elle s'était confiée à Dieu et puis l'évidence apparut alors qu'elle buvait une limonade installée au café Nube : depuis qu'elle avait reçu ce foulard, les choses allaient mal dans sa vie. La première fois qu'elle l'avait porté, il s'était coincé dans une porte et avait failli l'étrangler. Il s'était emmêlé une nuit dans ses pieds alors qu'elle se levait précipitamment pour répondre à un coup de téléphone et l'avait fait tomber de tout son long. Le foulard s'était mis à agir comme un homme jaloux, il la coupait du monde. Elle ne pouvait le dire à ses amis de peur de passer pour une folle mais lorsqu'elle le fixait longtemps, il paraissait rire d'elle, la narguer. Il lui fallait se rendre à l'évidence, le foulard était vivant ! La nuit il lui semblait qu'il se balançait sur le rebord de la chaise de paille où elle le posait, dans la journée il changeait parfois de place comme un serpent. Elle le laissait quelque part et le retrouvait ailleurs. Il commença à lui faire peur. Elle prit la décision de s'en débarrasser.

La première fois, elle avait tenté de l'abandonner dans un parc. Assise sur un banc, elle regardait des enfants se goinfrer du sable du bac. Les mères s'étaient précipitées vers leur progéniture qui pleurait dans leur morve devenue grisâtre. Personne ne l'observait, il suffisait de se lever, de laisser le foulard sur le banc et de partir vite. L'envie était montée de façon irrépressible, elle trottinait vers la grille quand une grosse nounou aux joues roses essoufflée tapa sur son épaule dans un sourire. Elle avait couru derrière Chiara pour le lui rendre, il avait fallu la remercier et le remettre à son cou ; d'autant que malgré l'évidence, elle se sentait coupable, c'était comme trahir sa grand-mère et admettre qu'une part de la vieille dame ne lui voulait pas de bien. Quelques jours après, elle l'avait fait glisser sous le banc à l'église, elle avait prié et expliqué à sa grand-mère que ce foulard maudit empêchait sa vie d'avancer, qu'il lui fallait comprendre et l'excuser. Elle l'avait laissé tomber, les yeux vers la nef, absoute de son péché, pensait-elle, grâce à la sincérité de sa démarche. Chiara se sentait mieux en marchant vers chez elle jusqu'à ce qu'elle s'aperçoive que le foulard s'était emmêlé à ses jambes comme le serpent de la naissance du monde, tel un lierre qui dévore un arbre. Chiara l'avait ramené à la maison malgré elle. Elle n'abandonna pas. Une semaine après, pour sa troisième tentative, elle le laissa tomber au milieu de la foule sur la place del Plebiscito où je dessinais. Je la vis au loin, courus pour rattraper le foulard puis derrière Chiara pour le lui rendre. Je posai ma main sur son épaule. À la vue du foulard, elle s'effondra en larmes. Je crus d'abord à de l'émotion puis elle m'avoua l'histoire tout entière. Je compris son désarroi. J'évoquai le feu mais elle n'y consentit pas ; brûler ce foulard ce serait manquer de respect à la mémoire de sa grand-mère, presque comme si elle l'incinérait. Il fallait en un sens que ce bout de tissu continue son destin, loin d'elle. Elle se devait d'y réfléchir, d'en parler au curé, et alla même sur la tombe de sa grand-mère. Ces trois tentatives ratées étaient le symptôme d'une malédiction qu'elle devait comprendre et conjurer pour pouvoir trouver le bonheur. Mais personne ne lui répondit, aucun signe, aucun conseil, le foulard l'entraînait, la muselait, la liait.

Nous n'en reparlâmes pas lorsque je la croisais de temps à autre au café Nube ou la voyais, le visage fermé, marcher d'un bon pas avec son foulard autour du cou. Je supposais qu'elle avait accepté son fardeau. Un jour que j'étais assis sur ma banquette du fond, Chiara entra, posa son manteau et sa fameuse écharpe violine sur une chaise du bar puis s'en alla aux toilettes. Alfred s'installa non loin de moi pour finir un appel discrètement sur un de ces gros téléphones portables de l'époque. J'entendais les intonations joyeuses qui convenaient à son discours mais son visage ne se fatiguait pas à les mimer. Quand il raccrocha, il me sourit par automatisme, cela m'attrista et je lui dis :

« Les maladies invisibles sont les pires. »

Il le prit assez mal au départ, que sous-entendais-je, qui étais-je pour me mêler de sa vie ? Mais je lui dis que je savais ce qu'il éprouvait ou plutôt ne ressentait pas car j'en avais été moi-même la victime. C'était faux mais je voyais clair en lui et je voulais l'aider. J'avançais sur des œufs tel un joueur de poker qui n'a rien dans les mains mais parle comme s'il tenait une quinte flush. Puis, comme il s'était tu et m'écoutait avec attention, je lui suggérai :

« Il faudrait faire une chose interdite. Voler un objet. Un emblème féminin, une broche ou un bijou, provoquer en vous de la culpabilité et une forme de fétichisme, vous comprenez ? Un transfert…

— C'est donc vrai.

— Quoi ?

— Que les Français sont tous cinglés.

— Ce n'est pas français, c'est plutôt freudien.

— Ah.

— Un transfert, croyez-moi !

— Et que va-t-il se passer ? Dieu va laisser la joie s'abattre sur moi ? Je vais être foudroyé par le bonheur ? »

Je n'en savais rien. J'avais lu Freud en diagonale mais j'espérais que cette pulsion d'interdit serve au moins à débarrasser Chiara de son étoffe de chagrin. Je connaissais à peine Alfred et je n'avais pas de grande sympathie pour lui. Je fis mine de ne pas avoir entendu sa remarque et je me replongeai dans ma lecture. Après un moment qui me sembla long, je me levai pour prendre une pâtisserie puis j'invitai Chiara à s'asseoir avec moi pour la partager. Comme je l'avais espéré, elle laissa ses affaires sur la chaise du bar et me rejoignit.

Discrètement, je regardais Alfred. Il hésitait, vérifiait que personne ne le regardait, et moi je faisais mine d'écouter Chiara me raconter une des anecdotes d'Agrippina qui avait juré à toute la famille avoir trouvé un lama à la plage et les obligea à sortir « vérifier par eux-mêmes ». Évidemment, ils ne trouvèrent rien et Agrippina certifia qu'il avait dû s'enfuir, qu'elle l'avait vu et qu'elle lui avait craché dessus pour lui montrer qui était le maître. En arrière-plan, j'observais encore Alfred du coin de l'œil. Le conseil avait fait du chemin dans sa tête. Faire une chose « interdite ». Pourquoi ne pas essayer ? Il s'avança vers le comptoir et demanda le café suspendu que Chiara venait d'inscrire à l'ardoise, prétextant avoir oublié son argent. Le liquide chaud qu'il avait volé à un malheureux le réchauffa de honte comme un verre d'alcool. Mais ça ne lui suffit pas, il était parti sur sa lancée et alors que Mauricio avait le dos tourné, il s'empara de l'écharpe de soie, la roula en boule dans sa main dissimulée par sa mallette et sortit à toute vitesse ; Chiara qui était dos à lui mordit joyeusement dans un chou à la crème, je le fis à mon tour et en laissai un peu sur le bout de mon nez. Alors qu'elle regardait la crème sur mon visage de clown triste, il lui parut clair que ce qui manquait à ses toiles pour leur donner vie et mêler sa peine à son histoire et à l'ironie dont elle avait hérité de sa grand-mère, c'était des foulards. Elle allait nouer un foulard autour de chacune des dames mortes qui l'attendaient à la maison. Avec cette idée se nouait aussi son destin, le déclencheur qui allait faire de Chiara une artiste contemporaine majeure. Une chose s'apaisa en elle, une autre proche de l'excitation s'activa. Un rire la fit grelotter, elle n'avait pas produit de son joyeux depuis si longtemps qu'elle rit sur son rire et encore, sans pouvoir s'arrêter. C'était contagieux, je ne pouvais m'empêcher de rire aussi en observant Alfred sans « o » quitter le café avec l'écharpe volée.

Alfred attendit de faire quelques pas dehors, d'être sûr que personne ne le voie, puis il enroula l'écharpe autour de son cou comme un homme victorieux une médaille d'or. À peine le bout de soie eut-il touché sa peau que tout le chagrin que Chiara y avait laissé s'infiltra dans le cœur d'Alfred. Les larmes lui montèrent aux yeux et il s'écria :

« Oh ! Je suis triste, je suis triste ! C'est formidable ! »

INTERMEZZO

J'atteins l'âge auquel mon père est mort. Soulagé et coupable à la fois, je suis surpris de respirer ce matin. Tous les jours à venir seront des jours de grâce. Je descends boire mon café debout au bar parce que des élèves en sortie avec leur professeur ont monopolisé ma banquette du fond. J'ouvre mon courrier dans la cohue, c'est l'heure de pointe. Les coudes pressés lèvent leurs petites tasses, se tendent pour récupérer une viennoiserie, s'agitent pour souligner leurs mots de gestes convaincants et je tente d'ouvrir une enveloppe. Nous sommes en mai 1995, un faire-part de décès m'apprend la disparition de Fernanda Livari née Valentini, la dame au sac en crocodile. Son mari Benedetto fut surpris lorsque le notaire lui annonça qu'il devait donner une boîte scellée à un Français qui portait mon nom et dont il ne connaissait rien. Il s'étonna aussi que je sois domicilié au café Nube mais préféra croire au hasard. Il me prévenait dans une note manuscrite qu'il m'attendait le jour des funérailles pour me confier cet héritage mystérieux et respecter les dernières volontés de son épouse.

C'était un de ces enterrements spectacles avec des discours, une chorale et des photos. Je pense que Fernanda aurait aimé ça. Il y avait une forme d'élégance qui lui ressemblait tant que je la soupçonnais d'avoir planifié cette journée funeste avant son décès. Après tout, c'est ainsi qu'on se souviendrait d'elle pour toujours. Toutes les générations y étaient représentées et plusieurs beaux jeunes hommes semblaient pleurer la disparue à l'écart. Je me suis demandé si elle avait joué avec eux pour se venger de l'incartade de son mari. Leurs amis en rang d'oignons, de noir vêtus, très napolitains, cheveux sombres, mines sombres, peaux sombres, étaient semblables à un alignement de corbeaux dépités. Les personnes âgées se regardaient les unes les autres, l'air de dire « qui sera le prochain ? », cramponnées à leurs moitiés. Je ne sais pas si je trouve les vieux couples si charmants, cette association de peaux flétries, de bruits de ventre auxquels ils se sont habitués, cela ressemble à un caveau familial où les chairs commencent à pourrir mêlées. J'étais à l'étroit dans le costume prêté par Mauricio. J'avais la sensation qu'on me regardait et qu'on se demandait qui j'étais, comme si tout le monde à part moi se connaissait. Et c'était peut-être le cas. J'avais revu Fernanda quelques fois, je ne sais si c'était par sympathie ou si elle voulait être certaine de garder mon silence intact. Cette petite bonne femme m'avait tant intrigué et amusé, j'avais fait des centaines de croquis d'elle. Je fus saisi au cœur quand on la mit sous terre.

Benedetto et moi nous vîmes après l'enterrement lors de la réception qu'ils donnaient chez eux en l'honneur de la disparue. Fernanda était aimée et respectée, une foule avait envahi la maison. On pouvait encore y sentir l'odeur de son parfum entêtant et dispendieux. Certains se rappelaient d'elle la tête baissée mais beaucoup à travers des anecdotes qui finissaient à gorge déployée. Je regardais avec émotion un cadre en argent dans lequel trônait une de ses photographies, à l'époque où nous nous étions connus, elle serrait ses deux enfants alors adolescents, cela me fit monter les larmes aux yeux. Je n'avais pas réalisé alors qu'il ne s'agissait pas seulement d'une femme amoureuse mais aussi d'une mère qui voulait protéger sa famille. Benedetto ne me reconnut pas évidemment, des années avaient passé et je n'avais tenu qu'un rôle de figurant dans une des histoires de sa vie. Je l'observai un moment de loin, saluer les gens, remercier. En ces circonstances, nous sommes tous des automates obéissant à des coutumes. Il semblait sincèrement malheureux, dévasté même ; Fernanda était la colonne vertébrale de sa vie, et depuis le début de la maladie de sa femme, Benedetto s'était voûté. Aujourd'hui il avait du mal à tenir debout. Il était évident qu'il ne lui survivrait pas longtemps. Je me suis approché de lui avant qu'il perde toutes ses forces.

« Je suis Jacques. L'homme à qui vous devez remettre une boîte.
— Mais bien sûr Jacques, suivez-moi à l'étage. »

Avoir l'occasion de faire autre chose qu'accepter des condoléances le sortait sans doute de sa léthargie, il se redressa un peu, paraissait plus vif.

« Je ne vous connais pas et je ne vous demanderai rien pour respecter sa volonté mais si vous voulez m'expliquer…
— Je… je suis dessinateur et j'ai vu Fernanda un jour dans la rue, son visage m'a bouleversé, elle a posé pour moi quelques fois. »
Le visage de Benedetto s'illumina alors : « Pourriez-vous me montrer un de ses portraits ? »
Je lui promis de lui en déposer un la semaine suivante. Il me remit la boîte sans me poser plus de questions, il pensait déjà à ce bien merveilleux, ces quelques traits de crayon qui construiraient

un pont pour prolonger son moment avec sa femme. Fernanda avait précisé dans son testament que je saurais à qui remettre ce bien mystérieux. Évidemment, je compris immédiatement l'allusion mais je n'avais pas la moindre idée de ce que Silvia était devenue. Elle avait respecté à la lettre les demandes de sa rivale et disparut à jamais.

Du moins c'est ce que je croyais mais en septembre de l'année suivante, alors que je dessinais au fond du café Nube, une voix familière attira mon attention. Il était impossible de la reconnaître physiquement, elle avait vingt ans de plus, des rides en moins et avait affiné l'arête de son nez. Silvia était accompagnée d'un bel homme d'une trentaine d'années accoutré d'une veste qui se voulait à la mode mais on eût dit un plagiste déguisé par l'une de ses clientes ; et c'est probablement ce qu'il était. Il ne pouvait comprendre l'émotion qui submergeait Silvia :

« C'est un endroit qui a changé ma vie », lui dit-elle en regardant le lieu intact. Je m'avançai alors, elle m'attrapa les mains, je lui dis que j'avais quelque chose pour elle. Silvia me suivit jusqu'à mon appartement en silence et je lui savais gré de ne pas parler, nous savions tous deux que le moment méritait de la solennité. Le plagiste attendait dans la rue, vissé à son téléphone portable. Elle regardait son ancien immeuble comme si tout avait rétréci.

Dans la boîte, il n'y avait pas de mot. Simplement le sac en crocodile. Nous sourîmes à sa vue. D'avoir regardé Silvia partir avec le sac au bout du bras avait remué des choses en moi. Ma vie filait sans que je la remplisse de rien de remarquable. La vacuité m'avait toujours obsédé et voilà qu'à quarante-trois ans, j'avais fait la moitié du chemin sans rien qui puisse me distinguer des autres êtres humains. J'étais resté prostré le premier mois de mes huit ans lorsque j'avais réalisé que la seule certitude de la vie était sa fin. Que l'amour, le succès, la peur, la joie, tout cela était en option mais que nous signions en prenant vie un pacte avec la mort qui rôdait dans notre sommeil, nos ébats, nos orgasmes, nos rires et nos retenues. C'est papi Marcel qui m'avait mis cela en tête. Je lui avais demandé « tu vas mourir papi Marcel ? » et il avait répondu « oui comme nous tous, mais pas ce soir ». Comme nous tous… et la compréhension intime de ma mortalité avait alors mordu ma chair. Une chose en moi le savait déjà mais je n'en n'avais jamais pris la pleine conscience. Un jour, je cesserai de voir, de respirer, de lécher mes lèvres, d'avoir mal au cœur. Je ne pouvais plus m'endormir sans que flottent dans mes rêves tous les corps de ma famille et de ceux que je connaissais, pendus au plafond, les pieds juste un peu au-dessus du sol. Je m'avançais entre ces quilles fantomatiques et je m'approchais de pieds plus petits, je reconnaissais les miens et je me réveillais en sursaut. Après plusieurs nuits d'effroi, mon corps refusa le sommeil, après plusieurs jours d'épuisement, je ne pouvais plus me rendre à l'école. J'ai un souvenir précis de tout cela mais pas de l'interruption de ma peur. M'étais-je habitué à l'idée de mourir ? M'avait-on adressé à un docteur ? Je ne sais plus comment je suis retourné à la vie. Ce que je sais c'est qu'un an après ma sœur est morte et j'ai su que c'était pour de vrai.

Parfois je me dis qu'il y a un bout de moi dans de nombreux foyers, ce dessin rapporté de Naples où je croque un moment heureux à promener sur papier. Pour initier une caricature je me demande souvent quel est l'animal en chaque humain, un être qui lui est lié. Non seulement un physique, une approche mais j'ai souvent constaté que nos attitudes étaient liées à cet animal enfoui en nous et prêt à surgir dans mes dessins. Je suis désormais un hibou. Je commence ma vieillesse. Je me promène dans la ville la nuit, au ralenti, je plisse les yeux, je me sens enfin chez moi.

Au commencement de ma vie à Naples, je pouvais regarder des heures ces immenses bateaux comme des immeubles flottant je ne sais comment. Monstres de dizaines d'étages dont les cheminées fumaient dans le port, toujours prêts à partir. Sans doute parce que j'imaginais Naples comme une escale dans ma vie. Et puis, je n'ai plus trop regardé vers la mer, la ville m'a enveloppé, je me suis résigné certainement, sans me le formuler, mon corps a renoncé à la fuite. Est-ce comme cela qu'on élit domicile ? En abdiquant devant l'immobilisme, en ne laissant plus s'agiter en nous l'enfant que l'on fut ? C'est ce qui m'a poussé à regarder les gens de si près, ils étaient mon véhicule imaginaire, le moyen de vivre des émotions tout en restant blotti dans le coin du café. Changer c'est toujours renoncer à quelque chose. Et je n'étais déjà plus beaucoup, je ne pouvais prendre le risque d'abandonner une part de moi. Je me sentais comme l'œuf de la légende du Castel dell'Ovo, ce fameux château qui se situe sur l'îlot de Megaride, dans le golfe de Naples. La légende veut qu'un œuf caché soutienne toute la structure du bâtiment, une toute petite chose qui tient en équilibre une partie magique de la ville. Avec mes caricatures, ma bonne humeur, ma façon de regarder les gens et d'essayer de les comprendre et de les pardonner, j'avais le sentiment de devenir une part du tissu de Naples plus qu'un Napolitain, une sorte de greffe. Certes, j'étais nécessaire à l'écosystème du café Nube, à son ambiance, son décor, à raconter son histoire, mais je n'étais qu'un œuf.

J'ai appris l'italien ou plutôt le napolitain, cette langue imagée, chantante, généreuse. Enfant, j'ai été traumatisé par l'histoire de la Tour de Babel, cet immense édifice que les hommes construisaient pour atteindre Dieu qui, empli de colère, leur donna alors des dialectes différents. J'ai toujours compris que les langages avaient été créés autant pour unir les peuples que pour diviser l'humanité, et je voulais être chez moi à Naples, effacer jusqu'aux pointes d'accent français, appartenir à cette famille. Pourtant au café, on m'appelait « le Français ». J'ai pensé : je dois connaître cet endroit, comme si j'y avais grandi. Nous devons devenir amis d'enfance, je dois me souvenir de ses chutes, des croûtes sous sa peau neuve, de ses joies, de ses explosions. De chaque inscription sur les murs. Je dois procéder comme un drone qui s'éloigne, qui commence de façon macroscopique et capture peu à peu Naples dans son ensemble, et non l'inverse. On ne comprend une ville qu'en commençant par connaître une porte, un immeuble, puis une rue, et celle qui vient la couper qui change encore la perception qu'on en avait. Le bas des murs est grignoté par le temps. Ils sont jaunes, ocre, rosés. Au-dessus, de-ci de-là, des alcôves cachent des vierges de pierre à la peinture écaillée, des gravures saintes. Les numéros tombent, certains sont dans le désordre, résultat de fâcheries ou d'échanges, comme si la logique ne répondait pas aux Napolitains, qu'ils en faisaient une mascarade pour rendre leurs vies désordonnées plus belles, plus sonores, comme un cri qui finit sans cesse dans un éclat. De rires ou de verre. Dans Naples bigarré, des monceaux de sacs à ordures cohabitent avec le sublime. Le profane avec le sacré. Des chaussées ravinées font face à des bijoux d'architecture. Les bruits des rails du chemin de fer, des navires qui s'en vont en reviennent et moi qui ne pars pas, hypnotisé par la ville comme si j'étais né en retard. Dans les traverses, on peut basculer vers les bas-fonds ou l'émerveillement nostalgique. Quitte ou double, j'avance dans Naples.

Au début de l'année, à peine relevée des festivités, Naples prend les couleurs de son carnaval, les enfants circulent déguisés dans la ville qu'ils colorent de serpentins et cotillons, bombolini, cannoli, castagnole, la ville dégouline de sucre, la joie populaire a besoin d'exulter dans ce Sud qui déborde de vie ; puis le soleil se rallume pour les fêtes de Pâques, pour le Vendredi saint se déroule la via Crucis. Dans la matinée la tradition napolitaine prévoit la visite des tombes et dans chacune des églises qui constellent la ville, on rend hommage au Christ mort ; pour le samedi c'est le struscio, la promenade le long des principales avenues de la ville, pour exhiber son habit neuf. Et le dimanche de Pâques, Mauricio m'invite à partager le repas familial. Le lundi de l'ange, on digère, et la digestion peut durer jusqu'à ce qu'avec l'été arrivent les bateaux, les accents chantants du monde entier, en juillet la festa del Carmine où l'on brûle symboliquement le campanile de Santa Maria, en août, on dort les débuts d'après-midi puis la serviette sur l'épaule on s'en va à la mer ; je descends la longue volée d'escaliers qui ouvrent sur la Gaiola surplombée par des rochers jumeaux reliés par un petit pont ; la plage s'étend entre Marechiaro et la baie de Trentaremi et ouvre sur la vertigineuse porte Tyrrhénienne de l'infini. Parfois, on pique une tête à Riva Fiorita avec sa vue sur le Vésuve ou encore en pleine ville au Lido Sirena, en bas des petites marches discrètes de la rue Posillipo, même bien après le mois de septembre. En octobre c'est le culte des âmes du purgatoire, interdit par l'Église mais qui continue en cachette car qui refuserait ce pacte passé entre les vivants et les morts abandonnés avant d'avoir atteint le paradis ? Il suffirait que les vivants prient pour qu'ils y aient accès, en échange on demande quelques petits miracles.

Faites que maman me laisser aller à la boum, que le jolie fille me regarde, que mamie ne meure pas, que je gagne au loto, que mon sexe grandisse, que je pêche une sardine en cristal…

Et puis le froid arrive, au mois de décembre au centre de Naples c'est partout Noël, la via San Gregorio Armeno se transforme en atelier de crèches, dès la fin de l'été on a commencé à mettre en scène les personnages des petits théâtres dans chaque foyer, le presepe napoletano, et j'espère naïvement être l'un des santons d'une famille, le dessinateur de la place…

Je suis épris de Naples comme on est épris de liberté pourtant ma vie s'est réglée sur la sienne.

L'écrivain sans visage
2009/2010

Le jour de mon anniversaire, j'ai regardé un vieil homme entrer, vérifier qu'il y avait un café suspendu à l'ardoise, le commander à voix basse, s'asseoir, ouvrir son carnet et se mettre à écrire.

Je ne lui prêtai pas plus d'attention que cela si ce n'est le souvenir de m'être clairement formulé « c'est moi dans quelques années, toujours penché sur mon carnet » et d'avoir relevé la façon très particulière qu'il avait de tenir son stylo presque à la pointe et de le faire glisser sur le papier en faisant des gestes saccadés. Puis, mon regard se porta ailleurs et je l'oubliai. Mauricio vint me demander de goûter deux jus d'oranges pressées afin que je l'aide à choisir la meilleure variété de fruits. Je fus surpris qu'il ne se décide pas en fonction du prix mais il me répondit qu'il savait comment garder ses clients satisfaits et sur quoi faire sa marge, que je me contente de déguster et que je m'abstienne de donner des conseils de gestion ! Pour expliquer son raisonnement, il se lança dans une démonstration appuyée par des dictons sans queue ni tête, inventés par son grand-père. Je hurlai de rire comme deux générations de Licelle avant moi. Cela avait arraché un sourire discret au vieil homme qui écrivait et dont l'aura me happait à nouveau. Mauricio était parti sur sa lancée et déclamait « Qui vole une motocyclette, ira au bal en juin », « Qui a du bon vin a un bon chien », ou l'incomparable « Noue tes lacets ou loue une brebis » qui avait fait l'objet d'interprétations hilarantes de la part de Mauricio et ses frères.

Ces envolées comiques m'empêchèrent de regarder attentivement le vieil homme penché sur son carnet se transformer en femme. Ce n'était pas une mutation comme on peut l'avoir vue dans les films d'épouvante mais une sorte d'éclosion douce, de mouvement qui mène à un assouplissement des membres, les hanches qui s'élargissent une fois qu'il se fut tassé sur la banquette. Je l'imagine du moins, car je l'ai regardé au début, oublié et je suis revenu à lui. Les choses flottaient mais il me semble que peu à peu les gestes se sont déliés, de longs cheveux auburn et bouclés sont apparus comme si on lui avait posé une couverture chaude sur les épaules. Naturellement. Je me suis tourné vers elle et je lui ai souri parce que je ne pouvais pas crier, mais j'avais peur. Peut-être après tout avais-je rêvé l'arrivée du vieillard ? C'était sans doute une femme depuis le début ? Ou alors je n'avais pas vu qu'il s'était levé pour lui laisser la place ? Ce qui était certain c'est qu'il s'agissait du même stylo et de la même façon de le faire glisser sur le papier, du même carnet. Il y avait le même halo autour de cette personne. Comment était-ce possible ? Les jours de solitude que sont mes anniversaires – car je n'ai révélé la date à personne, que ceux qui la connaissent sont morts ou loin de moi –, mon inconscient sans doute s'amusait-il à me jouer des tours pour occuper le vide de mon cœur ? Mauricio s'en alla avec les verres de jus vides et pestait car il ne se souvenait plus lequel j'avais préféré, il fallait presser les oranges à nouveau. Le docteur Chen marmonna « Noue tes lacets ou loue une brebis ! ». Ça avait fait se bidonner les habitués au bar et la personne au carnet aussi.

« Je suis fasciné. Vous ne vous arrêtez pas d'écrire, même quand vous écoutez en même temps les conversations de la table voisine.

— Nous, les écrivains, ne sommes que l'instrument d'une force qui nous dépasse, vous le savez bien. Nous réfléchissons, nous construisons, nous croyons travailler mais en fait nous ne sommes qu'une antenne réglée sur une fréquence qu'on appelle l'inspiration, nous écrivons sous la dictée. On peut croire en la littérature comme on peut croire en Dieu ou pas mais les livres sont là comme les églises, et ça doit vouloir dire quelque chose, non ? »

J'étais flatté qu'elle me place parmi les écrivains, je n'étais qu'un homme avec un carnet, rien de ce que je produisais n'avait été publié. Je le lui dis pour ne pas être un usurpateur.

« Ta, ta, ta. Nous nous reconnaissons entre nous. »

Après une heure qui me parut courte car j'écrivais à son rythme, elle me dit « joyeux anniversaire » et s'en alla. Comment était-ce possible ? Personne ne le savait. Était-ce une blague orchestrée par mes amis car je leur avais dissimulé ce jour ? Personne au bar ne semblait me prêter d'attention particulière… Venais-je de rencontrer l'inspiration en chair et en os ?

Cette nuit-là, je me retournai dans mon lit, tétanisé à l'idée d'une suite car j'avais la sensation d'être le personnage secondaire d'une nouvelle d'Edgar Allan Poe, le genre de type qui meurt d'avoir surpris le diable à l'œuvre. Mais plus encore que de mourir, j'avais peur de ne jamais revoir cette créature. Comment saurais-je ? Et qu'y avait-il à savoir ? Une envie folle de crier comme un loup me vint, j'ouvris grand la fenêtre. Je pensais la rue vide à cette heure-ci et je lançai un « wooooouuu wouuuuu... » qui me fit un bien fou, je vis alors le docteur Chen lever les yeux vers moi et courir chez lui, terrifié.

Le lendemain, je m'installai sur la banquette dès l'ouverture du café Nube et j'attendis fébrilement. J'avais changé d'âge dans la nuit, le compteur s'était remis à tourner et je ressentais le fort besoin qu'il se passe une chose dans ma vie. Je me sentais seul dans mes habitudes, et je savais que l'écrivain n'était pas venu là par hasard. Je pensais que si elle ne revenait pas, alors un des espoirs de ma vie, la possibilité d'un livre, mourrait aussi. Personne. Les mêmes têtes d'idiots mais pas d'écrivain en vue. Et puis, à dix-sept heures dix, il m'apparut clairement que je discutais avec la même personne, différente pourtant. Les mêmes obsessions, les mêmes peurs, la même façon de tenir son stylo et la même calligraphie ; mais selon son incarnation du jour. Elle était cette fois un homme d'âge moyen avec une légère calvitie et un air triste.

« Vous vivez à côté du café ? Je ne vous avais jamais vu.e avant ? »

Je la vis (car à ce moment elle était indubitablement devenue une femme brune à l'air cruel) réfléchir comme on se demande où est garée sa voiture après une longue journée.

« Je ne sais plus, m'a-t-elle dit, un peu gênée. Je ne sais plus où j'habite. » Je la sentais sincère. « C'est ennuyeux car je vais devoir rentrer à un moment.

— Voulez-vous de l'aide ? Puis appeler quelqu'un ? »

Je pensai alors à une forme inouïe d'Alzheimer qui la transformerait également à mesure qu'elle oubliait qui elle était mais elle me rassura.

— Je déménage beaucoup, je ne sais jamais où je me réveille. J'ouvre les yeux et je découvre ma vie chaque jour, c'est un inconfort merveilleux, au sens étymologique, découvrir est un émerveillement.

— J'ai longtemps vécu avec mon sac à dos et aimé la transformation et pourtant je suis un sédentaire désormais. Je vis au-dessus du café depuis tant d'années. J'ai quitté mon pays d'origine et je pense qu'il me fallait un ancrage sans passé, un pays vierge des taches de ma famille…

— Français donc ? Il me semblait entendre une pointe d'accent… Mais c'est bien d'être installé, ne vous excusez pas. On fait ce qu'on peut, ce qu'on pense qui nous convient. Il n'y a pas de meilleure vie, juste des vies différentes.

— Et pourquoi ne pouvez-vous pas rester au même endroit ? Si ce n'est pas indiscret… »

Elle prit une grande inspiration.

« J'ai compris un jour que si je déménageais autant, c'était sans doute pour semer la mort. Tant au sens symbolique, je suis toujours en mouvement, je commence une nouvelle vie donc elle ne peut s'interrompre juste après, qu'au sens propre, la mort ne connaît jamais mon adresse, moi-même je l'oublie régulièrement. J'aime pourtant savoir qui a vécu et qui est mort dans les lieux que j'investis. Les fantômes ont une place importante dans mon existence et c'est à eux que je m'adresse le plus souvent quand je rentre dans mes appartements sans cesse différents mais systématiquement vides d'êtres vivants. Le changement est la seule chose permanente de ma vie.

— Je vais vous dire un secret. Vous voyez cette table ? On l'appelle la table 13. Il n'y a que les étrangers au café qui peuvent s'asseoir là-bas. C'est une place connue pour porter malheur. Si vous voulez semer la mort, ne vous asseyez pas là-bas.

— Je suis née à Naples alors je suis la somme de tant de superstitions que je ne peux plus les compter, j'y ajouterai celle de la table 13. »

Elle me raconta que sa mère se prénommait Livia. On l'avait baptisée ainsi car elle avait été retrouvée bébé sous la statue de Livie dans la Villa des Mystères. C'est une maison romaine antique située à trois cents mètres de la porte d'Herculanum de la ville de Pompéi, juste en périphérie de la cité. Je m'en voulais de ne pas l'avoir visitée avec le docteur Chen mais je me souvenais bien de ce qu'avait expliqué le guide, l'endroit est célèbre pour les fresques qui ornent une pièce et détaillent les rites d'initiation d'une femme dans un culte dionysiaque mystérieux. Son père lui, errait dans les rues alors qu'il devait avoir deux ou trois ans, il n'avait jamais connu sa date de naissance, on ne savait pas s'il s'était échappé de chez lui, si ses parents étaient morts ou en vie, s'ils l'avaient cherché dans la souffrance ou abandonné. Toute sa vie son père basculait d'une émotion à l'autre selon ce qu'il imaginait de la part oubliée de sa vie. La poissonnière de la via Cesare Carmignano l'avait trouvé et pensa que c'était Dieu qui lui envoyait l'enfant que son ventre ne pouvait accueillir, elle l'avait appelé Jésus. Elle le couvrit d'attentions et d'amour mais à l'école il était quand même prénommé le bâtard par ses camarades de classe. Livia, pupille de la nation, répondait au surnom de « la Sorcière ». Jésus et Livia s'aimèrent adolescents, pensant conjurer le sort et fonder un foyer, une histoire, des racines enfin, mais ils moururent dans un accident de la route, laissant derrière eux leur enfant de dix ans. Leur fille aimait Naples avec passion comme on aime un amant jaloux. Elle savait qu'elle devait s'en aller pour fuir la malédiction familiale mais elle y était en prison comme dans une toile d'araignée.

Tout semblait faux mais j'avais envie de la croire parce qu'elle racontait si bien. Elle m'expliqua que Naples était le personnage central de son roman et que ses personnages étaient tous truffés de défauts car c'était la seule manière de donner un sentiment de vérité, elle aimait à répéter que les êtres avaient tous l'âme boiteuse et que Naples, ville schizophrène, sale et sublime, vieille, défigurée et majestueuse était la représentation de l'essence humaine, et un portrait fidèle de celle qu'elle pensait être.

« C'est pour ça que j'écris sur Naples vous comprenez, pour me débarrasser d'une chose de moi-même, pouvoir commencer une vie neuve.

— Et vous en ferez quoi ?

— C'est une bonne question. Je pense que je ne le saurai qu'une fois le roman écrit. Je suis encombrée de trop d'histoires pour le moment. C'est comme si j'étais hantée, et que mes fantômes se servaient de moi pour finir leur tâche.

— Je pense qu'être artiste, c'est être hanté. On croit que ça n'arrive qu'aux maisons mais ça arrive aussi aux gens, les gens hantés deviennent des écrivains.

— … Ou alors on devient fou. Souvent les deux à la fois. Ma mère était couturière, elle ne parlait que le napolitain. Elle ne savait pas lire. Quand je rentrais de l'école, elle aimait que je lui fasse la lecture. Elle me disait, "je ne comprends rien mais continue, c'est beau". Et ces jours-là, il me semblait qu'elle cousait différemment. Elle a eu une vie très difficile, elle était juive d'origine polonaise, elle avait fui l'Allemagne nazie.

— Mais… je pensais qu'elle était née sous une statue.

— Arrêtez de croire tout ce qu'on vous raconte Jacques ! La statue de Livie n'est même pas conservée à la Villa des Mystères ! »

Je ne savais que dire. Elle reprit :

« Et vous, qui vous hante ?

— Un chagrin d'amour. »

Au bout d'une semaine, je compris que la mue n'opérait qu'en deux occasions : au moment où l'auteur commençait à boire son café et quand elle quittait le café Nube. Il m'apparaissait évident que la personne qui avait offert le café suspendu au comptoir y laissait sans doute une partie de son âme. L'écrivain en était alors imprégné et restituait des pensées et des émotions qui ne l'avaient jamais traversé. Dans la zone de la piazza di Mercato, on retrouva au dix-septième siècle le buste de marbre d'une femme solide comme un homme. Le buste est de facture très ancienne. On supposa qu'il s'agissait de la syrène Parthénope mais les Napolitains la nommèrent Marianna a Capa e' Napule. Inspirée de la Marianne de la Révolution française, ils en firent un emblème. Il est vrai qu'elle ressemble à la ville, un tout fait d'opposés qui se mêlent. La féminité masculine de la Marianna est la synthèse de Naples pleine de contradictions qui donne à être adorée et détestée tour à tour. Et c'est sans doute ce qu'était cet auteur mystérieux, les deux faces d'une même pièce.

« Il y a une sculpture de Christ voilé dans la chapelle Sansevero, une sculpture de Giuseppe Sanmartino. C'est si délicat, si détaillé, que les gens disent que c'était un vrai voile et qu'il s'est transformé avec le temps, comme par un procédé chimique. Chacun explique l'étrangeté de l'inspiration et du talent comme il peut.

— Vous… Vous m'entendez penser ?

— Ne soyez pas ridicule. »

Je lui tendis alors mon café, elle le but, et mon visage apparut sur le sien. Elle se mit à écrire un épisode fondateur de ma vie dans son carnet et je le vis défiler sous mes yeux.

Je suis arrivé le 22 novembre 1980 par surprise pour retrouver celle qui, l'été, avait fait vibrer mon cœur et mon corps dans les gorges du Verdon. Entre le Styx, le Pont de Saint Soleils et le lieu-dit de l'Imbut où nous nous somme quittés, nous avons fait l'amour cent fois dans un sac de couchage pour deux. Ça avait commencé devant cette sorte de canyon miniature comme un film américain au rabais. Nous nous étions croisés plus haut sur le chemin. Elle devait avoir dix années de plus que moi, un port de tête altier, des boucles brunes, elle n'avait pas baissé les yeux. Je n'avais jamais été touché que par des hommes. Je m'étais senti rougir et quand je l'ai doublée, son regard m'a caressé. Monica avait été directe : « Tu es beau. » Je n'ai rien entendu ; le bruit de l'eau prenait toute la place, mes jambes tremblaient. Elle m'a embrassé sans attendre de réponse et m'a pris par la main. Faire l'amour avec Monica c'était comme un orage au cœur de juillet : le tonnerre qui annonce le drame, le ciel qui s'assombrit d'un gris rare, les bienfaits de la pluie après la chaleur, les frissons soudains et la peur que la nuit s'abatte sur l'été. À jamais. Elle me dévorait comme un prédateur savant, dans le désordre de son désir, et je la laissais faire, anesthésié, innocent, conquis, acquis. J'aurais dû me méfier du Styx du Verdon, métaphore mythologique, du nom de la fille des Ténèbres et de la nuit, point de passage des Enfers. Nous nous étions tout promis et le froid était venu. Elle avait répondu à un de mes appels d'octobre, elle était charmante au téléphone, polie, courtoise, c'était plus douloureux que la méchanceté, la passion semblait si loin. Ses réponses étaient évasives, je la savais divorcée, je crus entendre une voix d'enfant, je supposais, j'inventais, je rêvais. Tout me paraissait soudain d'un ennui mortel. Je traînais des pieds dans le gris de Paris, je cherchais des flaques au cas où elle ait laissé une part de son reflet dans le mien. Par la fenêtre arrondie, l'automne grignotait le souvenir précis que je croyais pouvoir garder des courbes de son corps. À l'approche de l'hiver, j'ai vendu tous mes livres dans une librairie du boulevard Saint-Michel à la moitié de leur prix, plaqué mon emploi d'assistant professeur de cours de lettres à la Sorbonne, résilié le bail de ma chambre de service, mis ce que je possédais dans une valise de cuir brun, je n'avais pas de billet mais je suis parti à l'aéroport. Sans que je lui indique un itinéraire préféré, le taxi a roulé ma vie à l'envers. Mon dernier studio, rue de Courcelles, le restaurant de l'angle où j'avais donné rendez-vous à Martin par commodité sans penser que l'amour puisse naître de ce moment d'obligation, l'immeuble haussmannien de mon enfance rue Jouffroy orné d'une pancarte qui annonçait la vente de plusieurs appartements. Au café de la rue il y avait un jeune homme maniéré, le genre qui m'aurait fait succomber il y a quelques années encore et qui m'inspirait désormais un mépris doux. Puis nous avions tourné à gauche plus loin, rue Alphonse de Neuville, je m'étais revu adolescent, et la Peugeot blanche avait filé vers la porte d'Asnières. Jusqu'à l'aéroport. J'argumentais intérieurement contre ma propre nostalgie et essayais d'épouser le mouvement de la voiture pour ne pas quitter mon envie de partir ailleurs, « d'aller de l'avant » comme disent les vieilles personnes. C'était une fin de journée froide dont les couleurs donnaient l'illusion du printemps, elle me ressemblait. Quand le chauffeur a sorti ma vieille valise du coffre, j'avais le sentiment d'avoir dit au revoir à une chose de moi-même.

Je suis arrivé à Naples le lendemain. Il m'avait fallu dormir à l'aéroport et attendre le vol du matin. Je tenais fort l'adresse de Monica sur mon petit bout de papier mais je ne parvenais pas à la trouver. J'ai passé la journée à errer dans les rues recouvertes de neige, puis hypnotisé par le plafond en bois de la cathédrale du Duomo. On m'a mis dehors à la fermeture, dans les rues blanches comme la façade de marbre de l'édifice. J'ai eu l'impression de mourir un peu ici. Je ne savais pas qu'on pouvait avoir si froid à Naples. À l'aube, frigorifié, j'ai montré mon bout de papier à un homme sans dents. Il a ri de toute sa mâchoire rose. Monica habitait à une heure de bus, à Monteforte Irpino, c'était pourtant écrit sur le papier, le monsieur le souligna avec son doigt plusieurs fois : « Voi vedete ? Monteforte Irpino ! »

Monica m'avait dit qu'elle vivait à Naples alors c'est ce que j'avais retenu ; on choisit toujours la vérité qui nous arrange. Le petit homme m'accompagna à la station de bus, il attendit que je parte et me fit coucou de loin, comme s'il laissait un neveu pour un long voyage. Arrivé dans un décor entre bois et montagnes, loin de la mer que je venais de quitter, j'admirais le château de Monteforte, comme un prince arrive pour délivrer son amour dans un donjon. J'avais repris des forces mais je ne cessais de me perdre dans les rues du village. Sur le plan devant la mairie, elle était indiquée derrière une place mais lorsque je tournais, il y avait pour seule rue celle du destin, « Via del Destino », comme une moquerie des dieux. Je l'ai appelée d'une cabine téléphonique mais elle ne répondait pas, j'étais plein d'entrain avec le désir de l'embrasser et de lui dire que j'avais tout quitté pour que nous ne nous quittions plus. Et dans le frein de mon élan étaient nés la peur et le sentiment de mon ridicule. Que peuvent bien valoir des promesses d'été ? Se souvenait-elle même de mon prénom ? Et si elle était partie en France me retrouver au même moment, le saurions-nous un jour ? Dix-neuf heures sonnèrent en cloches d'église. Dans mon italien approximatif et dans un élan de survie, j'ai demandé comment accéder à la rue de mon amoureuse à une vieille femme belle comme un tableau, elle m'a expliqué le chemin dans un français parfait. Il suffisait de connaître un passage qui ressemblait à un porche d'immeuble mais menait à une impasse. J'aurais dû me méfier car tout est inscrit dans les lieux ; les décors de nos vies nous alarment sur ce qui va s'y dérouler.

J'ai fini par trouver l'entrée de chez elle. La nuit allait tomber, je m'en sentais enveloppé, comme si elle me protégeait. J'ai poussé la porte sans entrain, mon courage s'était probablement envolé dans le cœur d'un autre. Mes jambes flagellaient devant l'immeuble défraîchi, grandiose et fantomatique. On eût dit que des siècles d'amours déçues me riaient au nez comme un chœur d'opéra. Rien de bon ne pouvait arriver là. Pourtant c'est ici que j'étais. Que se jouait ma vie. J'avançai. Je franchis une réception en marbre aux banquettes de velours défraîchi puis j'entrai dans une chambre immense. Tout était ouvert. Les fenêtres aussi pour laisser passer l'air pourtant très froid à travers les rideaux. Comme dans un rêve, les espaces simples d'accès semblaient mouvoir avec moi et rien n'avait l'air vrai ; encore moins le corps de Monica sur celui d'un homme et les mots que je connaissais et qu'elle disait pareil à un autre que moi.

Quand je suis sorti, le sol s'est dérobé sous mes pieds. J'ai tenté de résister à la secousse, comme à bord d'un bateau dans la tempête, Naples et ses sœurs chaloupaient. Ça s'est arrêté un instant et la terre s'affola à nouveau comme un hoquet après un sanglot. Je suis tombé le visage sur les pavés qui ne cessaient d'exulter. Le tremblement de terre de l'Irpinia fut un des plus violents de la région et fit près de trois mille morts autour de la ville.

L'écrivain reprend son souffle, lève son stylo, alors je continue en chuchotant :

« Je me relève. Autour de moi il y a des maisons effondrées, des lustres, une poussette vide, un réfrigérateur, un enfant seul en pyjama la gorge vide de cris. L'immeuble de Monica est intact dans un monde dévasté et je ne sais pas si cela m'écœure ou me soulage. Je suis encore là-bas, au ralenti, des années après, une part de moi figée dans la rue béante, trouée, remplie de pierres tombées, de briques, de sang, de merde, d'objets. Et elle, sauve qui doit être serrée contre le corps d'un autre. Je me relève aujourd'hui encore, je me relève de ce jour-là. »

Elle boit une autre gorgée de café pour ne pas perdre mes traits et continue à noircir les pages :

Sans me poser la question, je me suis approché des pompiers et j'ai rejoint les secours improvisés, sauvé des vies prisonnières des gravats, le visage statufié, le corps couvert de blanc, comme mort, comme neuf. Il faisait un froid terrible. La pluie succédait à la neige, il gelait, la boue prenait toute la place. Les premières nuits, j'ai dormi sous les tentes avec ceux qui avaient tout perdu, je n'avais plus rien non plus. Saint Janvier le patron de Naples enterré à la cathédrale du Duomo supposé stopper la lave lors des éruptions du Vésuve, soigner de la peste, du choléra et protéger la ville de toute secousse sismique, ému par mes larmes gelées en avait relâché la garde l'espace d'une minute et demie. La Terre avait grondé. Loin de détourner les Italiens de Dieu, cela les avait confortés dans l'idée qu'ils l'avaient déçu sans doute et qu'il fallait se rapprocher de lui plus que jamais. Un pan de mur, seul vestige d'une maison, me faisait face avec son papier peint usé, deux portraits de famille encadrés étaient restés solidement accrochés. Une photo de mariage, une de groupe où tous portent leurs plus beaux habits. La tragédie aime se faufiler dans les vanités humaines. Nous levions des planches, des gravats en gardant le silence et foi en l'idée que nous allions d'entendre des vivants ; des gens en vie enterrés sous leurs propres maisons qui abandonnent l'espoir en la lumière. Je marchais, hébété, à l'écoute, et j'ai entendu un gémissement, le bruit était infime mais j'étais certain qu'il y avait un être vivant sous la pile de déchets surmontée ironiquement par une belle porte. Je fis signe à la seule personne que je voyais alentour, et c'est ainsi que j'ai rencontré Mauricio. Ensemble, nous avons sauvé un enfant qui respirait sous le cadavre de son grand-père. Nous ne nous connaissions pas mais dans notre acharnement et la façon que nous avons eue de le soulever avec délicatesse, le regard que nous avons échangé quand j'ai fermé les yeux immobiles du vieillard, nous nous sommes rencontrés et reconnus. Mauricio parlait un peu de français, nous arrivions à nous comprendre. Il avait quelques années de plus que moi et il prit tout de suite une posture de grand frère. Nous ramenâmes ce petit garçon aux secours. Jamais je n'oublierai son visage. Je suivis ensuite Mauricio. Sous la tente, les quelques sauveteurs se mêlaient aux rescapés et je ne savais plus bien à quel groupe j'appartenais, nous mangions de la soupe, minestrone d'eau pas très claire, salée et masquée sous les goûts qu'ils pouvaient bien trouver. Nous nous reposions une heure et nous repartions, lever une pierre encore puis une autre, utilisant nos outils avec parcimonie de peur de fendre de la peau en vie. Le sentiment de communauté s'est renforcé dans le drame. L'aide de l'État se faisait attendre. Les routes étaient bloquées, le niveau de détresse incommensurable. Les gens comme moi qui aidaient sans raison étaient nommés les anges. À la pause, on me parlait de tout ce que je ne connaîtrais jamais, de tout ce que je n'avais pas vu de Naples et de ses villages voisins, les trésors, les églises, les arbres centenaires, les vues de leurs fenêtres sur les montagnes qui tutoyaient les cieux, les statues de vierges, le restaurant d'un cousin, tout cela avait disparu désormais. Comme l'odeur de leurs parents et de leurs grands-parents avant eux, la latte de parquet qui gémissait, le berceau qui endormait les générations d'avant, les armoires qui contenaient des souvenirs invisibles. Le passé détruit donnait des allures boiteuses au futur. On m'apprenait le dialecte aussi et l'on riait de ma prononciation. Cela me faisait du bien d'être enfin un sujet alors que Monica que j'aimais m'avait nié, m'avait rendu fantôme, qu'il avait été injustement épargné par la douleur.

Qu'allais-je faire de cette femme qui encombrait mon cœur ? Qui ne lâchait pas un mètre de tranchée, qui attendait tapie mes moments de faiblesse pour sortir comme un diable de sa boîte et me blesser encore du souvenir de sa beauté, de sa nuque tachée de naissance, de ses baisers. J'avais honte car on prenait mon chagrin visible pour de la compassion et elle n'en était qu'une petite partie. On me regardait avec bienveillance, je restais aider là où je ne connaissais personne. Je créais des attaches où tous les liens étaient en suspens, prêts à craquer comme des fils qui portent un poids trop lourd. Le paysage était celui d'une dévastation comme celui de mon cœur mais était aussi l'incubateur d'un futur que je ne pouvais imaginer à ce moment. Mettre un pied devant l'autre, respirer la minute d'après, cela me suffisait. Des sœurs en habits sillonnaient la terre désolée, incohérente et sale, et au milieu de l'espoir, de l'élan, de l'envie de vivre, certaines cherchaient simplement quelque chose à manger. Durcies pour beaucoup comme si la poussière faite de passé ne partait pas même sous l'eau bénite.

On est bien peu de chose qu'une main que l'on tend ou celle qui l'attrape. L'accumulation de bibelots ne fait que rajouter aux débris quand la terre tremble et que la vie s'en va. Je n'ai plus rien désiré de matériel après ce jour-là.

Je ne suis jamais retourné à Monteforte Irpino voir ce qui se passait dans l'impasse derrière la rue du destin. Je suis reparti avec Mauricio qui vivait à Naples. Il était de passage pour voir une vieille tante morte dans la tragédie. J'ai vendu la montre de mon grand-père au clou, seule chose qui me rattachait encore au souvenir de ma famille. Elle m'offrait quatre mois de liberté pour trouver en qui je pouvais me transformer. Je ne sais pas si Monica s'en souvenait avec sa mémoire de poisson rouge. Peut-être que si parce qu'elle avait bien aimé cette histoire quand je la lui avais racontée : celle d'un artiste qui a sculpté une statue qu'il déplace dans le monde. Comme ça, pour rien. Dans des lieux inaccessibles où il la fait dormir un temps avant de la mener ailleurs. Elle avait trouvé ça joli ; moi aussi j'adorais cette idée et je venais seulement de comprendre pourquoi. Ce qui est fascinant, c'est qu'une statue c'est le temps qui ne passe pas, l'immobilité, l'œuvre intacte tandis que le voyage transforme, fait grandir. Ce serait garder son enfance, sa pureté, tout en faisant des expériences. Vivre sans blesser ni soi ni personne, sans changer. C'est ce que tout le monde veut mais c'est impossible, retrouver des illusions et un cœur neuf. À vrai dire à chaque histoire d'amour, on pense ne plus faire qu'un avec l'autre et la vie se charge de nous rappeler qu'on est toujours seul face à nos voyages. Et parfois, parfois… Et j'espérais être ce parfois.

J'ai pensé, je reste un peu à Naples et je rentrerai en France mais je n'ai jamais pu quitter la ville qui avait souffert en même temps que moi et manifestait que nos cœurs battaient à l'unisson, ni même l'appartement que j'avais loué pour quelques mois au-dessus du café Nube.

Alors qu'elle écrivait, je fis mon autoportrait en la regardant, quand je lui tendis le papier, son visage se transforma et me revint. Un éclair retentit alors ; j'en ris pour ne pas hurler car cela ressemblait à un film d'épouvante. La pluie tomba soudain drue sur les pavés.

Elle partit d'un pas assuré, elle semblait avoir retrouvé son chemin. Je vis qu'elle avait oublié un livre sur la table alors je lui courus après mais quand je posai ma main sur son épaule, c'était une personne complètement différente qui sembla avoir peur de moi. Je bafouillai un « pardon » et je fis demi-tour.

Elle ne revint qu'un mois après mais notre familiarité était intacte. Elle se pencha vers son carnet après un sourire. Elle était une dame dodue à chignon.

« Votre roman avance ? »

Elle se contenta de hocher la tête.

« De quoi ça parle ?

— D'amitié. De deux petites filles qui s'aiment alors que rien ne devrait les pousser l'une vers l'autre. Deux Napolitaines dotées d'une intelligence rare qui grandissent dans des mondes différents et je les regarde grandir.

— C'est beau.

— Non, c'est magnifique et douloureux mais ce n'est pas beau. C'est cruel par endroits. Je raconte une amitié qui ligote, des liens qui tantôt rassurent tantôt étranglent, comme les bras des gens de la même famille. Une amitié miroir déformant qui blesse car on n'a jamais le visage de l'autre et on l'aime toujours plus que le sien. »

Il me semblait toujours que la vieille dame – qui était parfois un monsieur par secousses – était fiévreuse et qu'elle transmettait à ses phrases comme une sorte de transe contagieuse, un rythme qui envoûterait ses lecteurs. J'aurais tout donné pour lire ce que l'auteur mystérieux notait dans son carnet.

« Je ne peux pas être incarnée vous comprenez, je suis comme mes personnages, je change, j'avance, je suis claire, je suis là mais je suis aussi capable d'être toutes les personnes que mes lecteurs imagineront, et personne ne donnera le même visage au héros.

— Vous aimeriez être une enfant ?

— Je viens de vous dire que je suis deux petites filles. Je ne sais jamais si je serai publiée. J'ai déjà sorti un ouvrage mais je ne suis pas un auteur connu, et puis je n'y tiens pas. J'ai demandé à rester anonyme, et ça n'a pas l'air de poser de problème puisque tout le monde se fout de mes romans… J'écris quand même, je n'ai pas le choix. C'est en moi comme je respire. Mais c'est violent. Un livre qui n'est pas lu n'existe pas, il n'est même pas écrit. Il n'est pas un fantôme, il est le néant. »

Sur son carnet, il y avait une liste avec des noms :
*Giorgio le garagiste
*Matteo Sarratore
*Silvio Solara
*Madame Oliviero

Je regardai en coin.

« Ce sont des noms possibles pour certains de mes personnages. Je ne sais pas encore lesquels je vais utiliser… Ça se passe dans les années cinquante, les années de mon enfance, je ne dois pas choisir des noms trop modernes.

— Vous avez grandi dans les années cinquante ?

— Je vais prendre quelques gâteaux. Vous les partagez avec moi ?

— Comment refuser ? »

Nous nous gavâmes en silence de cannoli boursouflés de crème qui nous laissèrent dans un état d'écœurement addictif comme seul le sexe sale peut en procurer. Et comme si tout la rappelait à son sujet, elle me dit :

« Toutes les grandes amitiés sont toxiques. Elles en sont le fondement. On est attiré par ce qui nous fascine et ce qui nous fascine nous met en danger. Tous les rapports humains sont des rapports de force.

— Je ne suis pas d'accord.

— Je me fiche de votre accord. C'est ainsi. C'est l'histoire de la vie, de la littérature.

— Prenons un exemple alors pour pallier au mépris que vous avez envers mon avis... celui d'une grande amitié entre moi et Mauricio. »

Elle retira ses grandes lunettes cerclées d'écailles et soupira, comme si elle me faisait la faveur d'une discussion dont elle connaissait déjà l'issue.

« Que vous a-t-il apporté ? Ce Mauricio... »

Je le désignai du menton derrière son comptoir alors que je parlais de lui : « Il a été le socle de ma vie, de ma nouvelle vie, de ma vie d'adulte. Une bouée de sauvetage dans une tempête qui, je le mesure seulement aujourd'hui, aurait pu me mener en des lieux très sombres. Oui, à sa façon, il m'a sauvé la vie.

— Alors il la détruira peut-être malgré lui.

— Cynisme.

— Réalisme. Jouons à un jeu. Appelons cela la mécanique humaine, dites-moi ce que vous voyez de positif dans l'amitié que vous vous portez je vous donnerai le contrepoint.

— C'est une large question. Je ne vais pas vous résumer l'amitié.

— Plutarque disait que l'amitié est un animal qui paît à deux et qui ne vit pas en troupeau. Mauricio est toujours entouré ici, sinon avec sa femme, vous ne cessez de le partager. Pourquoi seriez-vous l'élu ? L'ami véritable, l'ami prodigieux ?

— Je m'entends très bien avec sa femme et nous avons des temps à deux, nos moments silencieux.

— Alors il jalouse votre liberté.

— Je gagne bien moins d'argent que lui. Il est libre.

— Quand vous saurez que l'argent vous fait tourner dans une roue de hamster vous comprendrez qu'il vous jalouse mais en attendant c'est vous qui êtes envieux.

— Absolument pas.

— Il contrôle les choses. S'il décidait de ne plus vous louer cet appartement pour une somme dérisoire, que feriez-vous ? Regardez-le bien. N'a-t-il pas le dessus sur vous ? »

Mauricio riait aux éclats ; dans un coin du café, le docteur Chen donnait un vrai numéro d'acrobatie et tentait de décrire les subtilités de l'opéra de Sichuan à ses amis italiens en leur jouant les tours de leur personnage emblématique *Paerduo*, ce qui signifie littéralement « oreille qui se couche à plat ventre » pour décrire cet homme couard qui a peur de sa femme qui vient le punir de ses bêtises en le ramenant à la maison par l'oreille. Puis, il leur montre un masque qui se transforme en une fraction de seconde, le *Bianlian* qui lui veut dire « visage qui change », alors que le docteur passe de l'un à l'autre son petit public de Napolitains ne peut retenir des exclamations de surprise et même des applaudissements. C'est comme cette auteure, pensai-je, un grand écrivain n'a pas de visage fixe, je me tournai alors et elle avait disparu. Dans la rue, seules couraient deux petites filles en tenue d'écolières.

Je n'ai pas entendu parler d'elle pendant bien longtemps. Je l'avais rangée dans un coin avec mes amis imaginaires et puis un jour Mauricio est venu vers moi en trottinant, bien excité !

« Jacques, il y a une personne qui est venue ce matin qui a mis cent quatre-vingts cafés suspendus à l'ardoise et qui m'a aussi laissé une enveloppe pour toi.

— C'était une femme ou un homme ?

— Cent quatre-vingts cafés suspendus Jacques ! Tu entends ce que je dis ? On est la soupe populaire !

— Elle ressemblait à quoi ? Un vieux ? Une dame ?

— Alors ça, je ne m'en souviens plus. J'étais si choqué par cette histoire de cafés et j'ai complètement oublié. Cent quatre-vingts, tu te rends compte ? Cent quatre-vingts cafés suspendus… »

J'ouvris l'enveloppe et je découvris le manuscrit, les premières épreuves non corrigées de *L'Amie prodigieuse* d'Elena Ferrante. J'aurais dû m'en douter, seules les femmes peuvent vous laisser le souvenir impérissable d'une rencontre qu'elles ne vous ont même pas accordée. Si j'avais su comment la reconnaître, j'aurais sans doute pu en tomber amoureux.

INTERMEZZO

Je reprends ce carnet fin mars 2020. Je réalise qu'il s'est passé plusieurs années où j'ai cessé d'écrire sur les gens et sans doute aussi arrêté d'essayer de les comprendre individuellement, persuadé que nous étions tous les symptômes des quelques maladies qui orientaient les courants de pensée. Je faisais encore des caricatures pour gagner ma vie mais jamais plus que pour manger et payer mon faible loyer. Pendant cette période de quelques années, j'ai tenté d'être acteur de mon existence, j'aurais même voulu rencontrer une femme ou un homme avec lequel la partager mais je n'ai connu que des aventures cachées, des troussages honteux, à la va-vite, suivis d'un signe de croix et d'une précipitation vers le confessionnal. En Italie, si l'homosexualité a commencé à s'exprimer chez les jeunes, elle est encore taboue dans ma génération sacrifiée. Hier, deux hommes qui se tenaient la main ont été battus et laissés pour morts dans la rue. Les journaux ont parlé de règlement de comptes, de dispute qui avait mal tourné, jamais d'homophobie, jamais d'amour. C'est sans doute ce qui me pousse à reprendre un stylo, je ne peux pas parler aussi librement que je le voudrais, pas hurler contre les outrages.

Au café pourtant nous échangeons beaucoup plus sur la politique qu'avant, depuis quelque temps, ça me rappelle la France. Ça a commencé il y a trois ans, l'Italie entière semblait coupée en deux entre la Ligue du Nord de Matteo Salvini et le Mouvement 5 Étoiles de Luigi Di Maio. Au lendemain du vote du 4 mars 2018, la schizophrénie italienne s'est confirmée, le nord et le sud n'étaient pas en accord et en regardant la carte de plus près, on pouvait retrouver le royaume des Deux-Siciles qui existait avant l'unité du pays. En France la violence montait, les gilets jaunes saccageaient tout. Partout les débats sur les réfugiés faisaient rage. Je m'étais mis en tête que ça ne pourrait mener qu'à une explosion sociale, que chez nous aussi ça finirait en sang, comme si je sentais que l'univers appelait des cadavres. Jamais je n'aurais pu imaginer la suite de ma vie, de celle du café, et encore moins du monde.

Le 10 mars 2020, le café Nube ferma pour cause de confinement. La Covid fracassait le pays, premier élu dans la malédiction européenne de la maladie. Maddalena fut transportée à l'hôpital le même jour. Il n'y avait plus assez de lits, elle n'eut jamais le temps d'être mise sous respirateur et étouffa loin des siens. Mauricio la pleura, entouré de leurs enfants, il attendit son tour qui ne vint jamais. L'enterrement consista en un adieu en cercle plus que restreint. Je n'ai pas pu lui dire au revoir. La nuit, toute la rue entendait mon ami pleurer et partageait sa peine Je ne pouvais pas le prendre dans mes bras. Je me contentais de lui envoyer des avions de papier couverts de bandes dessinées que j'écrivais avec des gants. Certaines étaient hilarantes et futuristes, si le futur se compte en mois car j'étais certain que nous avions franchi le seuil de l'Apocalypse. D'autres empreintes de nostalgie reconstituaient les grands matchs de football que nous avions vus ensemble. Les premiers avions n'arrivèrent pas jusqu'à son balcon et ça le fit rire au moins mais je m'améliorai peu à peu et mes aéroplanes de chasse finirent par toucher leur cible à chaque fois.

Fin avril, les larmes cessèrent. La petite-fille de Mauricio était née et elle portait le prénom de sa grand-mère disparue. Mauricio nous la montra fièrement depuis son balcon et nous applaudîmes à tout rompre, trinquant chacun de son côté. Le confinement dura deux mois et demi. Nous faisions des courses les uns pour les autres à tour de rôle.

La jolie Matilda chantait des chansons d'amour. Et quand elle entonnait la « Storia di un amore », je ne pouvais m'empêcher de la fredonner avec elle, et pour une raison qui m'échappe encore, cela faisait rire à chaque fois toute la rue aux éclats. Si nous connaissions depuis des années les couleurs des sous-vêtements de nos voisins qui se balançaient sur les cordes à linge, nous apprenions à nous aimer, nous consoler, même sans nous toucher, parfois sans nous voir.

C'est le docteur Chen qui eut l'idée d'un jeu de touché coulé géant qui tenait en haleine et peut-être même en vie toute notre rue chaque soir à dix-neuf heures. Cela le sauva des remarques racistes qu'il subit au début et que je lui signifiai ne pas partager en déposant de la soupe aux oignons devant sa porte. À son tour il me déposa une gousse d'ail et il écrivit : « C'est antibactérien et si ça ne fonctionne pas, au moins cela éloignera les vampires. » Je l'imaginais fier de lui, sa bouille me manquait, le café aussi. Je réalisais le vide de mon existence.

En avril, le docteur Chen distribua à tous ses voisins une décoction à base de plantes, le *Qingfei Paidu*. Sa composition avait été décrite il y a près de deux mille ans dans le *Shanghan Lun*, l'un des quatre ouvrages de référence de la médecine chinoise. C'était une mixture d'éphédra, de rhizome de gingembre, de racine de réglisse chinoise, de noyau d'abricot et d'igname, ainsi que d'une dizaine d'autres ingrédients qui étaient réputés pour purifier les poumons. J'imagine que l'effet placebo fonctionna car aucun d'entre nous ne tomba malade après cela.

Si je me penche par mon petit balcon je peux voir les deux tables en terrasse et le néon qui indique NUBE et dont seules les deux premières lettres sont allumées. Chaque jour les jeunes voisins me disaient que je devrais me mettre à poil pour que quelqu'un me photographie au-dessus du NU qui clignote, ils pleuraient de rire à l'idée mais nous n'en fîmes rien. Nous restions tous des heures sur nos bouts d'appartements décapotables pour nous observer, nous alpaguer, chacun avait son petit théâtre. C'était un prétexte pour nous doucher, nous habiller, nous étions de sortie. Des passereaux s'étaient emparés du ciel de Naples par nuées. À la tombée de la nuit, nous assistions à des murmurations : ces battements d'ailes communs créaient une sorte de bruissement au loin dans la ville comme une jolie femme fait bouger sa robe de soie. Les oiseaux dansaient ensemble, prenant la forme d'un nuage qui se meut avec une grâce infinie. Chaque oiseau s'appliquant à voler au plus proche de son voisin, à la même vitesse. Les enfants croyaient y voir des formes, comme des messages envoyés par les petits oiseaux, et criaient : « Un éléphant ! Une baleine ! Une flèche ! » Ces mouvements magnifiés effectués d'instinct m'affolaient et j'y voyais un mauvaise augure mais Mauricio m'expliqua que c'était une question de survie, en groupe les petits oiseaux deviennent une force qui effraie les prédateurs, seuls ils ne sont qu'une proie. Ironie du sort, pour nous sauver les uns et les autres, nous pauvres humains, il nous fallait rester à l'écart, nous couper de la puissance de la communauté. Nous regardions le ballet d'ailes comme un rêve de lendemain de fêtes, d'étreintes, de retrouvailles.

Pour Mauricio, tout faisait sens et avait été annoncé par Dieu, nous n'avions simplement pas voulu voir les signes. À trois reprises dans l'année, après avoir été sorti de son reliquaire, on priait devant le sang de saint Janvier qui se liquéfiait. Le 16 décembre, le miracle habituel n'avait pas eu lieu. Naples et sa région qui attendaient un signe de joie prirent la non-liquéfaction du sang du martyr comme un présage terrible. Le malheur n'était pas fini. Le sang du saint patron resta solide comme une pierre tombale. Les fois où cela est arrivé précédemment furent suivies de tragédies. En 1939, précédant le début de la Seconde Guerre mondiale, en septembre 1943 avant l'occupation de l'Italie par l'Allemagne, septembre 1973 fut suivi d'une épidémie de choléra à Naples et en septembre 1980 : mon arrivée et celle du tremblement de terre. Chaque génération croit être une exception mais nous sommes la même pierre qui roule.

Livia
2020

Livia était connue dans le quartier pour être une fille facile. Son nom se promenait dans les conversations graveleuses et arrosées du café. *L'architecte* la surnommait « l'allume-cigare » et Francesco « le plat de résistance », elle était un peu trop dodue à son goût et ce qu'il aimait vraiment c'était les « petits desserts ». Les hommes ne sont jamais tendres avec celles qui le sont trop. Ce sont pourtant bien eux qui en profitent les premiers et c'est souvent dans les bras de ces femmes qu'ils sont le plus eux-mêmes, mais qu'importe on leur préfère les prudes, les offusquées et même les méchantes. Dans un pays où la vierge est une idole, être légère n'est pas vu d'un bon œil. Alors la volage Livia qui priait pourtant assidûment ne faisait pas partie de celles qu'on épouse. Elle me souriait toujours avec bienveillance mais nous n'avions jamais échangé plus que des sourires de politesse.

J'ai vraiment fait la connaissance de Livia quand je suis devenu un membre de la chorale du Pio Monte della Misericordia. C'est arrivé par hasard, avec la nuit, un soir de mars. Je venais d'acheter du pain et de l'huile d'olive, je rentrais à la maison, je me suis penché pour refaire mes lacets quand j'ai entendu des voix angéliques qui semblaient sortir des entrailles de Naples. Attiré, j'ai rebroussé chemin. La porte de l'église était ouverte, j'ai fait un pas devant le porche et le prêtre qui m'a vu m'a souri et invité d'un geste à m'asseoir. Je me suis avancé timidement et j'ai pris place sur une des chaises de bois installées autour de la nef sur laquelle s'abattait une lumière crépusculaire et douce. Il faisait froid mais je n'éprouvais rien qu'une sorte d'illumination intérieure, je me sentais arrivé à destination. J'étais à quelques pas de chez moi, pourtant je n'étais jamais entré dans ce lieu sacré qui abrite une œuvre du Caravage : *Les Sept Œuvres de miséricorde.* Mes yeux ne pouvaient se détourner de la peinture que je découvrais et qui me bousculait. Le prêtre s'approcha alors et tandis que la chorale continuait à chanter, maintenant un peu plus doucement comme pour me laisser entendre la voix du missionnaire divin, il déclama : « Instruire les ignorants » et continua à intervalles réguliers tandis que je cherchais les sept symboles de la pitié sur la toile. « Enterrer nos morts », j'aperçus les pieds d'un cadavre qu'on transporte. Puis il pointa du doigt « Visiter les prisonniers, nourrir les affamés » et je vis alors l'un des thèmes les plus puissants de la peinture liturgique, vision racinienne quasi mythologique, Cymon et sa fille Pera, symbole de la charité romaine. Dans le visage de cette jeune fille qui tend son sein à son père enjôlé pour le nourrir, il y a toute la folie et la puissance de l'Humanité. « Aider ceux qui n'ont pas de toit ! » reprit-il plus fort. La chorale semblait le suivre ; il m'indiqua le pèlerin sur la toile. Puis, face au mendiant paralysé sur le sol : « Visiter les malades ! Et comme saint Martin qui donne son manteau à ce pauvre homme nu, vêtir ceux qui ont froid. » Enfin, il me montra Samson qui buvait de l'eau de la mâchoire d'un âne et je répondis « Donner à boire à ceux qui ont soif ».

La chorale s'arrêta et les chanteurs s'applaudirent les uns les autres. Le père me prit par la main, il m'entraîna vers eux et je m'installai en cercle. Moi qui n'avais jamais chanté, je repris derrière eux quand les vocalises commencèrent « OOOOOHHHH ».

Livia souriait en chantant et son regard me mit à l'aise. Dès que je le croisais, je sentais la joie de sortir de ma voix ce qui était enfoui, sans complexe ni peur.

« Aaaaaahhhh » chanta le prêtre ; et nous reprîmes ensemble.

Livia n'était pas ce qu'on appelait une beauté mais elle irradiait. Elle était grosse de tout l'amour qu'elle ne pouvait pas donner. Pourtant sa vie entière était consacrée aux autres. Son tempérament ignorait l'égoïsme. Le don la remplissait de joie. Elle aurait pu vivre insouciante mais elle avait l'habitude de se réveiller au milieu de canettes de bière et de restes de pizzas froides. Son frère, avec qui elle partageait une villa, vivait la nuit, de fêtes ratées où des inconnus passaient pour s'approvisionner en drogues de toutes sortes. Après avoir grandi dans un des préfabriqués qui devaient être provisoires après le tremblement de terre mais n'avaient jamais été remplacés par la mafia (l'organisation criminelle s'était contentée de prendre l'argent de tous les chantiers de l'époque sans jamais en finir un), ils avaient hérité une maison de leur grand-oncle, le genre de demeure de pierre rose dans laquelle on voudrait se réveiller les jours d'été. L'oncle n'avait pas d'enfant et leur avait laissé une coquette somme. Quand Livia rentrait dans sa belle maison saccagée, elle ne criait pas, elle se signait, ouvrait un sac-poubelle, ramassait les déchets et priait Dieu pour que les choses s'arrêtent. Livia avait imaginé consacrer sa vie à Jésus et devenir sœur, mais l'idée de combler un homme et des enfants restait son Graal et elle n'avait pu se résoudre à y renoncer. Elle ne savait pas dire non, et il arrivait que dans la noirceur des soirées de son frère, elle laisse des mains glisser sur son corps, parfois avec dégoût, parfois dans un plaisir qui la rendait plus coupable encore au matin.

Un très bel homme chantait à l'église, aussi devins-je assidu. Il arrivait qu'il ne rentre pas directement chez sa femme après nos sessions. Quand nous chantions « Et in terra Pax » de Vivaldi, il montait une tension érotique qui nous mena souvent au septième ciel. Notre petit manège faisait rire Livia, elle comprenait tout des choses de l'amour, celui du corps du Christ comme celui du corps des hommes simples. Nous devînmes amis très doucement, à travers la chorale et les explications liturgiques passionnantes qu'elle était capable de me donner. Comme tous ceux qui aiment briser les règles, j'ai toujours été intimement attiré par le christianisme. Les grands religieux et les êtres transgressifs sont les deux versants d'une même névrose : l'incapacité à vivre sans passion, la joie d'appuyer sur ses bleus, de plonger les mains dans ses plaies, le masochisme.

En rentrant de la chorale, Livia trouvait à chaque fois la maison encore désordonnée de la veille. Son frère s'était levé puis recouché, la morphine le tenait jusque tard dans la soirée. En plus d'être religieuse, Livia était superstitieuse, ce qui ajoutait une somme d'obligations ridicules à sa vie. Ainsi, était-ce par crainte de la Bella M'briana, un esprit gentil qui hante les maisons des Napolitains, que Livia astiquait tout du sol au plafond. La Bella M'Briana peut apporter la fortune mais aussi faire preuve de violence car une maison mal rangée la rend irascible. On craint surtout son antagoniste, le Munaciello, l'esprit au capuchon rouge. On ne connaît pas bien le visage de la belle M'briana car elle apparaît dans les heures les plus claires, la controra, ce début d'après-midi où naissent les contre-jours. Ébloui par le soleil, on ne peut la voir. Si on venait à la distinguer, elle se transformerait immédiatement en gecko ou en papillon. Quand nous en croisions un, Livia me disait « Regarde ! » comme si elle m'apportait une preuve irréfutable de son existence. La légende dit qu'elle était une princesse magnifique qui avait perdu son grand amour et se mit à errer dans les rues de la ville. Son père le roi demanda à ses sujets de laisser les portes de leurs maisons ouvertes pour l'accueillir si elle avait besoin d'un toit. Bien des années après, on gardait une place à table pour la belle désespérée et Livia perpétuait la tradition. Aussi, la première fois qu'elle m'invita à dîner à l'improviste, une place m'attendait déjà.

Livia vivait à quelques centaines de mètres du café Nube, juste à côté de l'église Sant'Angelo, sur la petite place Nilo, appelée ainsi en l'honneur du dieu égyptien du Nil. Le cardinal Rinaldo Brancaccio avait fait construire au milieu du quinzième siècle ce qui était à l'origine une petite chapelle, et on pouvait être surpris de cette confusion des genres : la présence d'un des dieux du polythéisme au sein même d'une maison de foi chrétienne. Cela ressemblait aux contradictions internes de Livia. Même l'église était très différente dehors et dedans. D'un orangé inédit et gourmand, assez chargé pour la façade d'une église italienne et soutenu de structures grises, le bâtiment avait des vertus hypnotiques. L'intérieur était d'un blanc immaculé, le sol aux motifs d'un goût raffiné était couvert de simples chaises de bois. Les portes d'un vert soutenu appelaient à y pénétrer, accueillantes, j'allais toujours m'y recueillir quand je me rendais chez Livia.

Elle m'invitait souvent à manger des pâtisseries de chez Scaturchio, ses préférées. Le baba au rhum valait ceux des meilleures brasseries parisiennes. C'était la seule folie qu'elle s'accordait, elle ne dépensait pas l'argent de son oncle ou alors afin d'en faire œuvre de charité. Pour entendre le bruit délicat de la mer enfoui dans le cœur de

Livia comme dans celui d'un coquillage vide, il aurait fallu se pencher tout près pour un baiser. Un lapin apprivoisé se baladait dans la grande maison et accentuait le sentiment de surnaturel qui y flottait. Son frère passait parfois sans un mot, telle une ombre dans une robe de chambre pourpre faite sur mesure. Livia s'excusait de son silence, « Il ne va pas bien aujourd'hui », et elle regardait sa bible comme pour demander à Dieu d'avoir pitié de son frère.

Jamais au grand jamais je n'aurais pu imaginer qu'un jour le cœur de Livia rencontrerait celui de Giuseppe.

Giuseppe n'était pas très à l'aise avec les autres êtres humains. Il savait comment vivre sa vie mais l'interaction était une chose complexe. À la quarantaine, célibataire et mutique, on lui avait imposé une femme moustachue et tyrannique qui lui avait fait un enfant une nuit de printemps. Tailleur comme son père avant lui, Giuseppe était doué. Il savait comment prendre les mesures d'un corps, comprendre comment il bougeait, à quel endroit il faudrait laisser jouer le tissu ou le cintrer. Une veste de Giuseppe était une armure d'élégance et de douceur. Il se rendait parfois à la bibliothèque pour consulter de vieux livres annotés qui montraient des dessins de patrons, parfois colorés par les anciens, et il pensait qu'on lui avait laissé un grimoire plein de formules magiques. Il se préoccupait du tombé des vêtements comme on se soucie de démocratie. Dans un souci d'économie, il prenait soin de lier la maîtrise de ses coupes avec l'agencement des pièces de tissu. Il rêvait de silhouettes, d'équilibre, de créer la pièce parfaite. Il s'imaginait souvent qu'il dessinait des robes pour de très belles femmes, des vedettes de cinéma. Mais il coupait des costumes pour hommes et principalement des trois-pièces classiques. Il adorait son métier pourtant son épouse le méprisait, à ses yeux il n'était qu'un employé, un vil couturier. Elle prenait l'argent et le maltraitait. Giuseppe souffrait, se renfermait comme une coquille qui cachait de mieux en mieux sa perle. « Tu crois que c'est chic d'avoir un mari couturière ? On n'est pas en 1930 ! C'est la honte ! C'est un métier de lavette ! Tu réponds pas ? Tu vois t'as pas de couilles, tu dis rien. C'est un bon exemple que tu donnes à notre fils ? Je préfèrerais que tu me mettes une gifle, ça te rendrait un peu viril. » Giuseppe ne réagissait pas. Pourquoi cette femme était si méchante et comment s'était-il retrouvé à lier sa vie à la sienne ? Ses colères retenues s'étaient transformées en une forme d'intensité qui irradiait et donnait le sentiment qu'il était un être doué d'une intelligence supérieure, il était en réalité toujours aux confins de la violence et cette implosion intérieure en faisait un être unique. Sa femme dépensait tout l'argent qu'il gagnait en produits ménagers et robots inutiles vantés par le téléachat. Leur maison était équipée d'un épluche-carottes électrique, d'un four à micro-ondes radio, chaque chanson correspondant à un plat à réchauffer. Si Giuseppe tentait une remarque, Antonella criait que tout ce qu'elle faisait c'était « pour leur bien ». Tout ce dont Giuseppe rêvait, c'était d'une piscine dans laquelle il aurait pu barboter après ses longues journées de labeur. Vivant à Naples, il avait conscience que c'était compliqué mais une simple baignoire aurait suffi.

Antonella lui refusait cet achat. De son côté, elle se prélassait dans des bains moussants chez son amant, Adolfo, le patron de Giuseppe. Il était veuf et pouvait apprécier avec Antonella son goût des corps charpentés, des poils et des voix rauques sans avoir à se déclarer homosexuel, surtout pas à lui-même. Antonella rêvait du jour où elle partirait vivre chez Adolfo avec son enfant et son électroménager haut de gamme. Pas question de laisser une baignoire à son mari ! Giuseppe trouvait refuge dans son travail mais s'y sentait malheureux depuis un moment, son patron qui semblait l'apprécier jadis le dénigrait désormais sans cesse. Impossible de trouver à la maison le moindre réconfort, alors commença une descente aux enfers. Et j'ignorais alors que les portes d'Hadès s'ouvraient juste en bas de chez moi…

Pendant plus de dix ans, soi-disant pour me protéger, Mauricio ne me parla pas du club qu'il avait ouvert dans le sous-sol du café Nube. Chaque soir, à partir de vingt-deux heures trente, se tenait là un tripot clandestin. On ne pouvait pas vraiment parler d'une salle de jeu, compte tenu de la pauvreté du décor, mais les sommes risquées étaient aussi conséquentes que dans des casinos huppés. Pour accéder au club, il fallait taper trois coups sur le rideau de fer, Merlu s'approchait – par sécurité, ils avaient tous des surnoms et celui-ci avait une tête de poisson –, s'il vous connaissait il vous ouvrait, s'il comprenait qu'il avait affaire à un flic il avait le droit de vous tirer une balle entre les deux yeux. Pour entrer, il fallait donner un nom de code que je ne peux révéler. Puis Merlu soulevait la trappe derrière le bar et vous pouviez descendre à la cave. Deux tables de poker enfumées se tenaient là sous la surveillance de Migros, appelé ainsi car il avait des cannes de gosse de dix ans et un bide gros comme une mappemonde.

« Tu t'en sors avec tes nageoires ? » était la blague qu'il aimait répéter à volonté quand Merlu refermait la porte secrète. Tout le monde se sentait obligé de rire et cela emplissait Migros de joie, la moitié de son corps du moins.

Il y avait quelques mois seulement que Giuseppe avait commencé à fréquenter le lieu et la chance lui avait souri. Il pensait y retourner pour gagner à nouveau. En réalité, sans le savoir, il revenait à la recherche de l'ivresse de la perte, d'une pulsion de vie.

Ce soir, ça arrive.

Giuseppe sait qu'il perd, qu'il s'enfonce comme on nage loin du rivage alors que le vent se lève, mais cela fait naître dans ses tripes un désespoir délicieux. Il se sent enfin sujet de sa propre existence. Le gros Midas le regarde, tout le monde s'est couché, sauf lui. Giuseppe le relance alors qu'il n'a pas les cartes qu'il faut. Il prend un air de flamboyance pour faire croire au jeu qu'il n'a pas. Mais son adversaire paie et il perd. En une soirée, Giuseppe a dépensé un mois de salaire. Il ne demande pas de sursis. Il sait avec qui il joue. Il paie. Ce soir il devra parler à sa femme. Elle ne pourra pas dépenser ces sommes absurdes en stupidités pendant les mois qui viennent. Après tout, c'était à son tour de se faire plaisir, et cet abîme, cette nausée étaient sa dose d'adrénaline. Il savait qu'il devait s'en protéger pour les années à venir, ne surtout jamais remettre les pieds ici mais quand

Migros dit : « À demain ? », il répondit sans hésiter : « À demain. »

Le lendemain, il rebattit les cartes, les concassa presque tant il les mélangea. Puis il distribua vite, une main, deux, trois. Les voilà servis. Quelques heures après il ressortit, rincé, avec une année de dettes sur les bras.

Ce matin-là, il resta traîner des heures au café Nube après l'ouverture. Une fois en retard pour le travail, il n'osait plus y aller et pas rentrer chez lui non plus.

Ce jour de drame, c'est aussi la première fois qu'il vit Livia, à travers son reflet qui rebondissait dans la glace. Elle ne savait pas qu'un miroir lui volait son image. Le matin commençait à peine, le jus d'un ananas qu'elle mangeait comme une enfant dégoulinait sur son menton. Ils étaient habitués du café tous les deux, pourtant ils ne s'étaient jamais croisés ou jamais remarqués, ce qui revenait au même. Ils ignoraient la violence qui les attendait, les épreuves que le ciel allait mettre sur leurs chemins avant d'atteindre enfin la félicité.

Quand Livia rentre chez elle, il n'y a aucun bruit, les rideaux sont tirés, tout ressemble aux matins habituels et pourtant tout est différent. Elle sait que le corps de son frère ne pèse pas le même poids, que le bâtiment flanche, que tout semble léger et sombre à la fois, que la mort est entrée.

Quand elle le retrouve, elle ne crie pas, elle ne pleure pas, elle prend sa main déjà froide. Elle attend des heures sur le rebord du lit. Tant qu'elle n'a pas prononcé les mots, peut-être qu'il est toujours en vie ?

La nuit n'est pas encore tombée en ce 20 juin mais à 20 h 48, quand les lampadaires se mettent en marche, Giuseppe est toujours à l'atelier. Puisqu'il est arrivé en retard, il est de corvée. Il s'occupe d'un client important habitué de la maison qui ne jure que par ses coupes impeccables. Alors qu'il prend les mesures du monsieur, un certain Patricio Meril d'Allegra, propriétaire d'une douzaine de cirques et collectionneur de doubles-poneys, il lui chuchote à l'oreille une chose qui, malgré sa mauvaise haleine, pourrait changer sa vie. Une heure après, Giuseppe court chez lui sans reprendre son souffle et raconte tout à sa femme :

« J'ai pris des chutes de tissu et j'ai proposé à un type de lui vendre le même modèle moins cher. En fait c'est lui qui me l'a proposé mais j'ai accepté donc c'est pareil, n'est-ce pas ? Il m'en a commandé deux ! Deux costumes trois-pièces, je rembourse mes dettes et ensuite je me lance à mon compte. Il sera mon premier client ! Tu sais, cette erreur est devenue ma chance. Je ne suis pas un joueur, je veux te rendre heureuse. J'ai compris que je pouvais me transformer en quelqu'un d'autre, ou plutôt en celui que j'aurais dû être et qui vit ma vie dans un autre univers. Un univers parallèle ! Tu comprends ce que je veux dire ? Ce que j'ai aimé pendant ces nuits de jeu, c'était le pouvoir. Je veux le prendre, d'une belle manière, avec ce que je sais faire dans la vie. Tu pourras dépenser ce que tu voudras ! Et nous aurons une piscine ! »

Antonella ne l'écoutait plus depuis un moment car après les premières phrases, elle avait compris que le larcin de Giuseppe était sa porte de sortie. Personne ne lui en voudrait de quitter un mari joueur et voleur pour protéger son enfant ; le curé lui-même lui avait suggéré de le chasser pour le punir après ses premières dettes de poker. Cette fois, elle partirait et dans quelques mois elle pourrait se montrer au grand jour avec Adolfo qui passerait alors pour un bienfaiteur. Elle descendit pour l'appeler d'une cabine téléphonique, excitée comme une puce. Elle lui indiqua les matières des tissus volés, leur couleur et demanda s'il voulait venir humilier Giuseppe sur-le-champ, mais Adolfo qui était bigrement intelligent eut peur que cela éveille les soupçons et préféra attendre de le confondre le lendemain matin. Giuseppe ne s'était même pas aperçu de l'absence de sa femme. Épuisé de sa journée de travail, il s'était pourtant remis à la tâche immédiatement. Au fond de lui, il pensait que peut-être la belle femme à l'ananas le regarderait si un jour il devenait un homme puissant...

La femme à l'ananas regarde la dépouille de son frère quitter la maison. Le prêtre la réconforte. Mais elle n'entend pas tout. Elle pense juste « Me voilà seule, seule avec le Munaciello ». Alors elle vient en bas de chez moi, m'appelle par la fenêtre et nous descendons manger une glace. La sienne est pleine de larmes.

Le lendemain matin, Giuseppe prend le funiculaire du Mont Vésuve pour se rendre à l'atelier, il fredonne « Funiculi, funicula » comme son père avant lui. L'entreprise dans laquelle il travaille était jadis détenue par le père d'Adolfo. Chacun avait hérité du métier et du statut de son géniteur mais aussi des mécanismes de pouvoir en place avant eux. La soumission face à l'arrogance, l'assurance face aux mains moites, la laideur sans complexe face à la beauté timide. Tous deux ignoraient que la mère de Giuseppe avait eu une histoire avec le père d'Adolfo et qu'ils étaient prisonniers d'un héritage qui ressemblait à une fable mythologique.

Aujourd'hui, Giuseppe se réjouit car il croit pouvoir échapper aux rouages de son destin et monter enfin sa propre affaire. Cela lui prendra quelques mois mais bientôt il sera libre.

Son sourire va fondre vite, comme la glace de Livia la veille. Il est convoqué dans le bureau d'Adolfo et le comptable, un grand homme au petit front, se tient aux côtés du patron et approuve tous ses propos. On assied Giuseppe, les deux autres sont debout, ils déambulent, le regardent de haut. Ils savent TOUT.

« Tout, répète le comptable.

— Et ça ne se passera pas comme ça ! hurle Adolfo en menaçant Giuseppe du doigt.

— Oh non ! Pas comme ça ! » répète le grand con qui, pour une raison obscure, tient sa calculatrice à la main.

Curieuse, la secrétaire ouvre la porte, on la laisse rester. Ce sont les jeux du cirque.

On met Giuseppe face à son larcin, face à sa traîtrise, on le traîne dans la boue et il s'en va avec un chèque pour solde de tout compte qui ne peut rembourser ses dettes au poker. De retour chez lui, c'est pire encore. La lumière n'est plus là. Ça résonne. C'est vide, vide. Il n'y a plus rien. En quelques heures ils sont partis, elle, leur enfant, le presse-agrumes, le four à pain miniature, le casse-noix électrique, tout. Et il n'a même pas de baignoire pour s'y plonger.

Quand Migros vient taper à la porte pour encaisser les dettes, Giuseppe comprend qu'il va perdre son appartement. Antonella lui a laissé des vêtements et une valise, il part avec. Le voici errant dans Naples, ce paradis habité par des diables. Giuseppe ne sait vers qui se tourner, à qui parler. Il a déjà l'air d'un clochard alors qu'il n'a pas encore passé la nuit dehors. Par réflexe, il se retrouve au café Nube. Il n'ose pas se tenir debout au bar avec les autres, il se sent honteux puis il a besoin de s'asseoir, de comprendre, de trouver une idée. Il s'installe près de ma banquette, lève ses yeux embués de larmes, et elle est là, face à lui, la fille à l'ananas, qui pleure aussi.

Ils se dévisagent un temps, sérieusement tristes. Puis, après un long moment le nez dans leurs mouchoirs, ils finissent par rire de l'absurdité de ces larmes reflets.

Elle vient de payer le café suspendu qu'il demande discrètement.

Ils ne se parlent pas tout de suite, puis après un moment, elle croit poli d'expliquer son chagrin :

« Mon frère est mort.

— Je suis désolé.

— On s'y attendait.

— Je vois.

— Et c'est sans doute parce qu'on s'y attendait que je n'ai jamais rien acheté de noir. Par superstition… Je n'ai aucune robe noire. C'est bête.

— Je peux vous faire une robe si vous voulez…

— Vous… ?

— Je suis couturier.

— C'est… oui ce serait magnifique. Mais c'est après-demain.

— Je peux venir demain matin avec du tissu noir et vous la coudre dans la journée et dans la nuit s'il le faut. Vous avez une machine à coudre ? Parce que je me servais de celle de l'atelier et…

— J'ai celle de ma tante. Je ne m'en suis jamais servie mais elle est là.

— Si vous me trouvez un petit coin dans votre appartement, je peux rester et vous ferez les essayages à mesure. »

Giuseppe n'avait jamais aligné autant de phrases de sa vie. Rendez-vous fut pris le lendemain matin. Dieu merci, nous étions au mois de juin ! À la fermeture du café, Giuseppe et sa valise s'apprêtaient à passer la nuit dehors. Mais comme la lune devient belle quand on est amoureux ! Il dormit devant l'église. Il avait peur de ne pas se réveiller mais le clocher assurerait. Il finit par sombrer malgré le sol dur et froid. Au petit matin, les enfants du quartier s'amusèrent à allumer des pétards sur le chemin de l'école pour le faire sursauter. Giuseppe se lava vite les mains dans la fontaine puis se pressa vers le marchand de tissu, à vingt minutes de là. Il le connaissait bien, c'était un ancien amant de sa mère, il ne lui refusait rien. Giuseppe le sortit du lit en lançant des cailloux sur la fenêtre de sa chambre, juste au-dessus de la boutique. Giuseppe choisit de la panne de velours marbrée, de la mousseline chiffon Paris et de l'organza. Il se sentait si inspiré par Livia, sa femme à l'ananas.

Quand il arriva devant chez elle, au moment de sonner, il réalisa qu'il sentait très mauvais. Il demanda la salle de bains à la hâte, pour se rafraîchir, il avait du dentifrice dans sa petite valise. La robe de chambre pourpre du défunt se balançait comme un homme moqueur et soudain il vit une chose plus belle encore que Livia elle-même : une baignoire jacuzzi ! Il mit du déodorant, de la crème sur sa peau mal rasée et revint prendre les mesures de Livia.

Poitrine. Taille. Hanches.

Il était à ses pieds.

Il sentait le corps de Livia qui palpitait.

Se pouvait-il qu'elle ressente la même chose ?

Il se mit au travail dans un coin de la maison. Il s'y sentait si bien. A l'heure du déjeuner, elle vint le voir avec des crevettes marinées et lui proposa de les manger avec elle sur le petit balcon.

Elle avait peu d'appétit. Il pensa c'est la peine, elle se dit c'est l'amour. Il n'y avait aucune gêne dans leurs silences communs, ils en occupaient l'espace ensemble. C'était plus familier que tous les mots. Vers dix-sept heures, elle lui apporta une collation. Il avait déjà fini la structure de la robe, il aurait bientôt terminé…

À l'heure du souper, elle enfila le vêtement et pleura son frère dans les bras de Giuseppe. Le lendemain, il l'accompagna au cimetière et ce sont ses yeux qu'elle chercha comme soutien au moment de dire quelques mots.

La robe avait des vertus consolantes tant elle avait été faite avec amour. Livia ne s'était jamais sentie aussi belle et malgré les circonstances, plusieurs femmes lui demandèrent le numéro de son couturier. Elle les invita à lui rendre visite au café Nube. Au bout de deux jours, le carnet de commande de Giuseppe était plein et il n'eut plus à dormir dans la rue.

Giuseppe, qui savait que Livia était une fervente chrétienne mais ignorait qu'elle avait le feu aux fesses, attendit trente jours que le deuil soit levé (dix-huit en réalité...). Le café Nube allait fermer et je le voyais partir à la recherche d'un hôtel bon marché quand je parvins à lui faire croire qu'il avait mal compté. Après deux verres d'Amaretto, il se laissa convaincre. Il s'empressa alors d'aller à la conquête de Livia.

L'Italie est un pays où l'on trouve toujours où acheter des fleurs la nuit. Tout est dit. De ses drames, de ses joies, de l'attachement aux symboles et aux élans. Il acheta un bouquet si gros qu'il lui fallut le tenir à deux mains mais cela laissa sa bouche libre pour déposer un baiser sur celle de Livia.

Si vous passez par Naples, rendez-vous dans leur maison de couture. Giuseppe est un artiste, il dessinera une robe ou un costume qui vous ressemble et Livia vous ravira de ses anecdotes sur les églises de la ville. Avec les chutes, Giuseppe fabrique désormais des vêtements suspendus, que Livia donne aux plus démunis.

Aldo et l'insomnie
2022

C'est son amie Caterina qui voulait le convaincre d'aller voir une cartomancienne. Un soir, après un dîner arrosé, elle lui avait demandé :

« Comment imagines-tu ta vie dans vingt ans ? » Et Aldo lui avait répondu qu'il ne l'imaginait pas.

« Comment cela ?

— Je ne projette rien, vraiment. Je n'ai aucune idée de ce que sera ma vie dans vingt ans.

— J'ai peut-être vu trop loin. Disons dix, dix ans. Comment sera ta vie dans dix ans ? »

Il avait essayé, fermé les yeux, imaginé mais il ne voyait rien, son futur semblait aussi vierge que son passé d'enfant avait été encombré.

« Rien. Je ne vois rien.

— Ça alors », s'était contentée de répondre Caterina. C'est la première fois qu'elle rencontrait un homme sans rêves.

Aldo était né dans la presqu'île de Sorrente, au sud du golfe de Naples, ville qui n'existait pas encore quand Ulysse et ses argonautes furent prévenus qu'ils s'apprêtaient à entrer dans les eaux du pays des sirènes, ces êtres mi-femme mi-oiseau selon la tradition antique. Tout le monde connaît la légende qui veut qu'Ulysse ordonnât à ses hommes de se boucher les oreilles à l'aide de cire, puis de le ligoter au mât pour qu'il puisse entendre les chants magiques sans risquer de plonger, ensorcelé par ces créatures envoûtantes. Alors que les braves rament, Ulysse est hypnotisé mais il ne peut se défaire de ses liens et son équipage, assourdi par la cire, continue sa traversée. La sirène Parthénope croit alors que son charme n'opère plus et se jette à la mer de désespoir. Après la noyade, son corps s'échoue sur l'île de Megaride où les Grecs viendront fonder la cité de Néapolis, la « nouvelle ville » : Naples. Assis ce soir sur les remparts de cette ville abîmée, les pieds au-dessus de l'eau, les yeux dans les vagues, Aldo comprend qu'il s'est lui aussi ligoté pour ne pas mourir noyé mais qu'il a oublié de demander à ce qu'on le libère. Il entend encore dans le lointain les merveilles de la vie mais celle-ci paraît l'empêcher d'y goûter depuis si longtemps désormais qu'il lui semble ne plus être totalement libre. Non pas qu'il soit malheureux, bien au contraire, il est ouvert et attentif aux autres. Cette année de pandémie et de solitude forcée l'ont éloigné encore de la possibilité de s'accomplir, d'aimer, d'avancer d'une case sur ce grand jeu dont les règles lui paraissent de moins en moins claires. Il en meurt d'envie mais ne sait pas par où on commencer. Y a-t-il un manuel de vie que ses parents auraient oublié de lui donner ? C'est ce qu'il se formule maladroitement alors qu'il marche jusque chez lui après avoir raccompagné Caterina.

Ils se voyaient de plus en plus. Elle était entrée dans sa vie, frondeuse, moqueuse. C'était une femme qui aimait s'intéresser aux autres, rire la tête en arrière, un verre de vin à la main. Ses rondeurs étaient douces et contrebalançaient sa coupe à la garçonne et son visage anguleux, comme sculpté au cutter. On eut dit le corps d'un Botticelli et le visage d'un Modigliani. Elle était souvent libre car son mari était steward et tandis qu'il parcourait le monde, Caterina s'occupait de leurs enfants adolescents qui se réjouissaient de rester seuls quand leur mère sortait. Elle n'était pas ambiguë et Aldo appréciait l'amitié d'une femme. Ils vivaient à une vingtaine de minutes l'un de l'autre. Lorsqu'ils passaient la soirée ensemble, Aldo préférait être certain qu'elle arrive sans encombre et la déposait systématiquement devant le pas de sa porte.

Ce soir-là, il n'avait pas réussi à dormir. L'alcool sans doute ? La feuille blanche que Caterina lui avait offert de remplir en lui parlant de son futur absent ? La marche ? Comment savoir où s'en va le sommeil ?

Loin de l'agacer, cette insomnie, la première, avait provoqué en lui une forme d'excitation et le sentiment qu'il gagnait du temps sur les autres, un supplément de vie. Il n'avait simplement pas eu envie de dormir et ne s'était pas couché. Pas à 2 heures, pas à 4 heures, pas à 5 h 30. Il avait entendu les cloches sonner et vu le soleil apparaître sans même un bâillement et il se sentait prêt à attaquer sa journée de travail.

Comme chaque jour, il avait enfilé son complet un peu trop chaud, descendu la rue via Port'Alba, tourné devant le musée archéologique et s'était arrêté au café Nube où, sans attendre, Mauricio lui avait servi un café et un cornetto simplice, forme médiocre, plus sucrée et néanmoins délicieuse d'un croissant parisien. Il m'avait salué d'un haussement du sourcil, avait ri aux mauvaises blagues du docteur Chen, « *Pourquoi tant de poissons vivent dans l'eau salée ? Parce que l'eau poivrée les ferait éternuer… Je vous en fais une autre ?* », et poursuivi son chemin jusqu'à la station de bus. La jolie dame était là comme chaque jour, et comme toutes les fois, ils s'échangèrent des œillades goulues et sans conséquences. Puis, il s'était rendu au Marina Duomo où le minivan de son entreprise attendait chaque matin les employés pour les accompagner sur leur lieu de travail, à proximité du stade Armando Diego Maradona.

Aldo était en charge de la garantie de qualité dans une usine qui fabriquait des mannequins pour les vitrines des magasins. Le grand bâtiment en brique se trouvait à l'ouest de la ville dans la plaine de Bagnoli. Son travail consistait à inspecter des bustes de faux êtres humains aux mensurations idéales. Pas de coutures maladroites, pas de métrage imparfait, pas de rembourrage disgracieux, ou Aldo les renvoyait. L'usine principale de la société Boromino fournissait les magasins les plus prestigieux de la région, mais aussi de grandes maisons comme Schiaparelli, à Rome, ou même la maison Dior à Paris. C'était un travail exigeant, leur clientèle n'aurait pas toléré la moindre erreur. Il ne croisa pas Caterina ce jour-là, elle travaillait à la comptabilité dans l'immeuble adjacent. Le soir même, il rentra fatigué et prévit de s'assoupir vite après une légère collation. Mais à peine s'allongea-t-il dans son lit que le sommeil s'en alla. La soirée venait à peine de commencer, il pensa que son corps n'était pas conditionné pour se coucher si tôt et que la nuit précédente ne comptait pas, elle était juste une nuit offerte. Il se releva, alluma la télévision. *Le Pigeon* avec Gassman et Mastroianni repassait sur la Rai, Aldo rit à s'en tenir les côtes. Un rouage de son cerveau commençait cependant à activer sa peur, il entendait les éclats de sa propre voix devant cette tragédie qui tournait à la farce et mêlait la misère à la blague, et il pensa : si le sommeil ne revenait plus jamais ? Il tenta de chasser cette idée en se concentrant sur le film mais alors que les héros misérables se contentaient de déguster des nouilles aux pois chiches en guise de butin, il se dit : je ne dormirai plus, j'en suis désormais certain. Le film se moquait de lui, de sa petite vie étriquée qui désormais ne méritait plus de sommeil.

Le lendemain matin, au bar du Nube, il commanda un second café pour tenir le coup. Il en prit encore un autre à la pause déjeuner, puis un quatrième devant le bureau de son ami des ressources humaines deux heures après, il tenait sur la caféine et une sorte d'ivresse délirante qui accélérait les battements de son cœur. Les jours suivants, dès l'apparition de la lune dans le ciel napolitain, il lisait, jouait à envoyer une balle de ping-pong dans une tasse, faisait des listes de pays à visiter, il avait même acheté un carnet de coloriages avec les animaux de la savane, qu'il avait fini sans déborder. Mais la même question revenait inlassablement : se pourrait-il que je n'aie pas de futur ? Pas de femme à aimer ? D'enfant à élever ? Se pourrait-il que je meure avant que le jour se lève ? Et dans ce cas, pourquoi dormir ? Les condamnés à mort passent-ils une bonne nuit de sommeil la veille de leur exécution ? Les nuits se transformaient en antichambre de ses angoisses. La terreur de voir le jour se lever avant qu'il ait pu s'endormir s'était emparée de lui. Après une semaine sans la moindre trace de sommeil, ou peut-être quelques étourdissements au travail qui lui valurent des réveils en sursaut, trempé de sueur et terrorisé comme s'il ne savait plus où il était, ni pourquoi il reprenait conscience en ce lieu, il se mit à la recherche d'un médecin.

Quelle ne fut pas sa surprise de découvrir qu'il existait des spécialistes du sommeil. Il se sentit rassuré de ne pas être l'unique Napolitain à ne pas s'endormir à la nuit venue, à moins que tous les autres aient du mal à se réveiller ? Était-il seul ? Non, il ne l'était pas, s'amusa avec douceur le docteur Licenzo, qui après l'avoir fait patienter quarante minutes dans une salle d'attente où une horloge à coucou le narguait, affirmait pouvoir le soigner sans tarder. Dans son petit cabinet sombre, en haut de la rue Scarlatti, Aldo aurait pu s'endormir sur-le-champ. Il avait pris le bus jusqu'au quartier chic de Vomero.

Le docteur qui avait cru judicieux de s'installer dans un coin huppé s'amusait à dire « Le sommeil est quand même un problème de riches, si tu trimes dix heures à l'usine, le soir tu tombes comme une masse ». Pourtant, Aldo travaillait dur. Il n'avait pas de moyens qui lui permettent de paresser. En outre, il expliqua au docteur être célibataire et que rien n'avait jamais perturbé son sommeil.

« L'insomnie est un symptôme, pas une maladie en soi, un peu comme quand vous avez de la fièvre. Alors, bien sûr je vais vous traiter mais il faut trouver la cause. Avez-vous le syndrome des jambes sans repos ? Vous ne semblez pas en surpoids, vous savez si vous ronflez, non ? Un choc psychologique récent ou un trauma qui remonte ? Vivez-vous dans un lieu où il y a du bruit ? »

Il faisait non de la tête. Le docteur se gratouilla le menton.

« Faites-vous des rêves qui vous effraient ou vous ont perturbé ? Même il y a longtemps, dans votre enfance ? Avez-vous des souvenirs de cauchemars ?

— Non. Je ne pense pas. Sûrement tapis dans ma mémoire quand j'étais tout petit mais j'ai l'impression que la plupart de mes rêves sont, comment dire, inconsistants. » Comme ma vie, pensa-t-il sans oser le formuler.

« Êtes-vous tombé amoureux récemment ?

— Je… Quel est le rapport ?

— L'amour libère une énorme quantité d'hormones dans le sang. Le niveau de stress augmente, on perd l'appétit et le sommeil…

— Ah. Non, non je ne suis pas amoureux.

— Espérons que ça vous arrivera… après une bonne nuit de sommeil ! On va régler ça. »

Le docteur lui recommanda d'abord de ne plus consommer de café. Puis lui fit écrire tout ce qui lui faisait peur dans l'acte de dormir :

« Maintenant ?

— Oui, prenez une feuille et faites une liste. »

Il n'avait jamais pensé à ça, il n'était pas certain d'avoir peur de quoi que ce soit.

« Ne réfléchissez pas trop », s'agaça le docteur.

Aldo écrivit :

*L'abandon.

*Que quelqu'un me regarde dormir sans que je le sache.

*Que la vie passe et que je me réveille trop tard, vieux déjà.

*Les rêves (plus que les cauchemars).

*Ne jamais me réveiller.

*La faiblesse.

*Les bruits que font le corps.

*La digestion (le chemin dans le labyrinthe que sont mes boyaux).

*Le squelette sous la peau de mon visage.

Il se surprit à écrire tout cela. Il ignorait qu'il avait ces choses en lui. Le docteur lui demanda de plier le papier et de le brûler avant de se coucher.

« Vous ne lisez pas ?

— Non, moi je dors très bien.

— Ah... Je le brûle alors ? Avant de dormir ?

— Juste avant. Une fois les dents brossées, le pyjama mis, les lumières éteintes. Ce sera la dernière chose à faire avant de vous glisser sous les draps. »

Au moment de clore la consultation, alors qu'il s'apprêtait à se lever, le médecin insista : plus de café ! Même s'il passait une journée ou deux épuisé, il finirait par s'endormir.

« Tout le monde finit toujours par s'endormir. Ne vous en faites pas Aldo. »

À ces mots, le téléphone sonna et le docteur décrocha, non sans un mot d'excuses. La voix de sa femme transperça le combiné. Il perdit de sa superbe, ses épaules se voûtèrent, lui aussi semblait soudain très fatigué. Le docteur Licenzo n'avait pas de contrôle sur le chaos de sa vie, prendre soin de celle de ses patients donnait un sens à son existence. Quand son intimité entrait dans son domaine d'activité, il paniquait. Il articula avec une exaspération contenue : « Je suis en consultation. Je te rappelle », et raccrocha alors que les hurlements n'avaient pas cessé. Puis il marmonna des choses, parla d'un hippocampe qui à terme perdrait la mémoire s'il ne dormait pas. Aldo ne comprit pas tout, alors il demanda combien il lui devait et le docteur répondit qu'il le paierait après une bonne nuit de sommeil. Ils convinrent de se revoir la semaine suivante, même jour, même heure. Alors qu'Aldo sortait, le docteur lui tint l'épaule et, avec affection, prononça « Faites de beaux rêves, Aldo ».

Un peu plus d'une heure après, une fois son pyjama boutonné, Aldo se brûlait les doigts avec son papier au-dessus du lavabo. Après les avoir enduits de crème apaisante, il s'allongea. Les draps étaient frais, la fenêtre ouverte laissait entrer un vent léger. Les conditions étaient idéales. Le docteur l'avait sûrement guéri.

Mais les heures passaient, il se tournait, cherchait la place fraîche dans son lit, changeait de position, se refusait à commencer une activité. Il se rappela enfin que le médecin lui avait conseillé la lecture mais il avait lu tout ce qui était dans sa petite bibliothèque. Enfant, il aimait bien les romans d'aventures puis, bêtement, il avait perdu l'habitude d'acheter des livres et de les inscrire dans son quotidien. Aussi absurde que cela paraisse, Aldo se sentait trop fatigué pour parvenir à s'endormir. Le lendemain, il était si las qu'il commanda son café par réflexe mais alors qu'il allait le boire, il se ravisa et l'offrit à sa voisine sans lui prêter attention, il vivait dans une brume et son corps entier appelait le sommeil sans que celui-ci daigne s'approcher. La jeune femme, si discrète, fut étonnée de ce cadeau et encore plus quand elle comprit que ce n'était pas de la drague mais une chose qui la dépassait sans doute puisque le gentil donateur de caféine tournait déjà à l'angle de la rue quand elle voulut le remercier. Le lendemain, Mauricio lui apprit que la gentille demoiselle rousse lui avait laissé une orange pressée à l'ardoise, c'était inattendu, amusant et ça lui rappela qu'il ne devait pas commander son serré matinal. Il avala un croissant avec son jus d'orange rouge des sanguines siciliennes et paya un café suspendu comme si celui-ci allait pouvoir lui faire de l'effet quand même et qu'il suffisait qu'il existe pour avoir une incidence sur sa vie et sa journée. « Il est pour la demoiselle ? s'amusa Mauricio.

— Avec plaisir », répondit le pauvre Aldo, presque somnambule, qui ne percevait même plus la taquinerie.

Dans le bus, il ne prêta pas attention à la jolie dame habituelle du matin. Il se sentait nauséeux, exténué. Caterina s'affola en le voyant. Elle le crut malade. Aldo lui raconta qu'il était un homme plaqué par le sommeil et que c'était de loin le pire de tous ses chagrins d'amour. Parce qu'il faut le dire, Aldo avait toujours aimé dormir, s'assoupir, faire des siestes et il pensait que c'était une chose qui lui était acquise. Jamais il n'avait imaginé que le sommeil puisse le quitter. Caterina vit un lien immédiat avec ce futur vierge dont ils avaient discuté, et soucieuse de meubler l'avenir d'Aldo – le sien étant encombré de deux morveux devenus boutonneux qu'elle avait eus trop tôt avec un homme brusque – prit rendez-vous pour lui avec un médium et numérologue qui se faisait appeler le mage Medusa. Elle ignorait que commençait là une nouvelle série d'abandons. D'abord, le fameux mage tomba gravement malade et ne put lui dire quand il serait en mesure de travailler à nouveau. Caterina n'osa pas prévenir Aldo et se mit à la recherche d'un médium de remplacement.

Le matin suivant, il pensait avoir dormi une ou deux heures en pointillé et s'apprêtait à boire son orange pressée lorsqu'il constata avec surprise que son amie invisible lui avait laissé un livre en plus du jus. Et quel livre ! *Guerre et Paix,* de Tolstoï. Avec cela, il était certain de s'effondrer.

Le soir même, il s'allongea avec son livre et plongea dans le Moscou de 1805, en ces temps de paix fragile. Les Bolkonski, les Bézoukhov et les Rostov dansaient dans sa tête, au lieu de l'endormir, toute l'aristocratie russe l'éveilla d'une façon singulière. C'est comme s'il était entré en une autre partie de lui-même. Il est le milieu de la nuit en Italie quand la guerre éclate dans le roman et il comprend que le destin plie les hommes, qu'il est plus fort qu'eux. Cela le plonge dans un questionnement qui le tourmente : une chose plus forte que moi décide-t-elle de mon sommeil ?

La voyante que Caterina avait sollicitée après le mage tomba dans la rue le jour du rendez-vous, elle était brisée de partout, les médecins n'avaient jamais vu ça. Sur les deux cent six os que contient le corps humain, seuls quatre-vingt-dix étaient intacts. Elle pensait que son corps voulait la rappeler à lui et qu'elle ne devait plus communiquer avec des forces abstraites. Elle ne lut plus jamais les lignes de la main.

Quand le numérologue mourut d'un infarctus alors qu'il sonnait à sa porte, Aldo s'inquiéta vraiment. Se pourrait-il qu'il n'ait pas de destin ? Que rien ne soit inscrit pour lui ? Cela ferait-il de lui un homme libre ou, au contraire, abandonné par les dieux ?

Il en parla à Caterina dès son arrivée au travail, elle voulut l'apaiser et eût la délicatesse de ne pas se moquer de son angoisse, elle la partageait avec bienveillance et comprenait la part étrange qu'il avait en lui. Il lui raconta aussi l'épisode du café suspendu, de l'orange pressée et maintenant du livre… Caterina sentit alors naître une pointe de jalousie à l'évocation d'une autre femme. Elle demanda sur l'air le plus innocent possible : « Est-elle jolie ? »

Aldo admit qu'il n'en savait rien et que c'est sans doute ce qu'il aimait le plus, la beauté de ce rapport invisible. Il se demanda ce qu'il pourrait offrir à cette femme en échange et le lendemain matin, en plus de son café suspendu, il laissa à la donatrice mystérieuse un de ses disques de Miles Davis alors qu'il lui rendait le roman de Tolstoï. Peut-être qu'elle était sublime ? Caterina avait fait germer un fantasme.

À sa pause déjeuner, Aldo rechignait souvent à sortir. Depuis la fermeture de plusieurs usines de sidérurgie, il travaillait dans un coin désolé où il ne restait que quelques restaurants sinistres et mal entretenus ou une sandwicherie devant laquelle il fallait faire la queue. Quand Caterina venait avec lui c'était joyeux, parfois même elle lui apportait de la tarte aux figues dans du papier aluminium. Sinon, Aldo préférait s'acheter une part de pizza le matin et rester manger dans l'usine. A travers la vitre, il regardait les sœurs Garinelli peindre les mannequins en celluloïd à l'ancienne qui étaient encore commandés par quelques clients. Il voyait les visages prendre vie et pensait qu'il lui arrivait l'inverse. Ses yeux refusaient de se fermer, il perdait ses couleurs. Les sœurs reproduisaient les gestes de leurs mère et grand-mère avant elles. L'usine était née en 1830 et depuis, seules les mensurations des mannequins avaient changé. L'humanité se devait d'être de plus en plus mince. Jusqu'où allions-nous nous réduire ? Tout le faisait penser à la mort et après tant de nuits blanches, il paniquait : « Si je dors, je suis foutu, avec une telle dose d'épuisement, je ne me réveillerai jamais. »

Caterina eut alors une idée.

« Si nous allions à la plage ? Oui, après le bureau. Un bain de mer, voilà qui te ferait du bien. »

Aldo n'a pas la force de résister à l'enthousiasme de Caterina qui l'embarque dans l'autobus. Elle lui pose son casque sur les oreilles pour lui faire écouter de la musique, lui sourit.

Nun è campagna : è mare, mare verde.
'nu golfo d'erba, 'na scugliera 'e fronne,
ca luntano se perde
sotto'ô cielo d'está...
(...)
E pe 'stu mare verde senza fine,
suonno d'a vita mia,
cchiù carnale e gentile
tu cammine cu me...

C'est agréable comme une langue étrangère. Aldo flotte, ivre de fatigue. Le visage de Caterina est lumineux. Ils descendent la piazza Vittoria vers la plage de la colonne cassée. Aldo panique :

« C'est la plage des morts, je vais me noyer, voilà pourquoi la voyante ne voyait rien.

— Ne sois pas bête ! La mer est d'huile, un bon bain ça va t'endormir, tu verras.

— Je n'ai même pas de maillot ! »

Ils chahutent dans l'eau en sous-vêtements, leur amitié est pure, presque enfantine, puis ils mangent des glaces. Elle insiste pour le raccompagner en bas de chez lui pour une fois. Caterina parle, elle gesticule, occupe l'espace pour ne pas voir l'angoisse d'Aldo s'installer, elle aimerait le laisser épuisé et prêt à s'abandonner au sommeil. Elle le noie d'anecdotes, lui raconte d'où viennent les mannequins qu'ils fabriquent, le mot veut dire petit homme en néerlandais, jadis c'étaient des pages qui défilaient dans les boutiques de vêtements car les femmes, au Moyen Âge en Flandres où était produite la Haute Couture, ne pouvaient se montrer en public.

« Tu m'écoutes ? Aldo tu m'écoutes ?
— Non.
— Alors ça c'est formidable ! On est en bas de chez toi, cours te coucher ! »

Il monte, rassuré, ça y est ! Mais non, le sommeil ne suit pas. Une heure peut-être ? À peine.

Une semaine après sa première visite, Aldo est à nouveau dans la salle d'attente du docteur Licenzo. Cette fois, le médecin l'ausculte. Aldo est si fatigué que sous sa peau, on parvient à voir la trace de ses vêtements d'enfance. Il a l'air d'un gosse en pyjama. Ses yeux picotent et il cligne sans cesse des paupières.

« Ça ne va pas mieux, on dirait.

— Non, pas vraiment. Combien de temps peut-on passer sans dormir, docteur ?

— De mémoire, le record est de onze jours, il a été battu sous psychotropes. Vous avez la sensation de ne pas dormir du tout mais dans vos longues nuits vous vous assoupissez parfois, ne serait-ce qu'une demi-heure, vous êtes juste trop fatigué, trop obsédé par l'absence de sommeil pour réaliser que vous dormez.

— Je crois que je deviens fou, docteur. J'attends que le jour se lève et à l'aube, je crois voir une lueur crépusculaire et non des rayons de soleil doux. Je pense que la mort attend que je m'endorme pour s'abattre sur moi.

— Ça n'a rien d'anormal. L'humanité a toujours cru que le sommeil et la mort étaient frère et sœur. Dans la Grèce antique Nyx, la nuit, a deux enfants, Hypnos et Thanatos, des frères jumeaux qui vivent sous la Terre, dans un monde étrange, une sorte de gouffre de nuit noire d'où montent les rêves qui arrivent jusqu'à nous par deux portes bien distinctes, la première est une porte de corne et entraîne vers les rêves prémonitoires, la seconde est d'ivoire et laisse passer des songes mensongers.

— C'est très beau tout ça, mais en attendant, je ne dors pas. »

Le lendemain, au café Nube, la femme mystérieuse lui a laissé un livre d'Italo Svevo dont il n'a jamais entendu parler *La Conscience de Zeno*, pourtant l'un des plus grands chefs-d'œuvre de la littérature italienne, sans doute l'un des premiers romans inspirés par la psychanalyse.

Dans la préface d'ailleurs, un psychanalyste fictif, le Docteur S., annonce avoir prescrit à son patient, Zeno Cosini, de coucher son autobiographie sur papier pour comprendre les racines de son mal. Celui-ci a abandonné son traitement, mû par une sorte de désir de vengeance, le docteur S. décide de la publier. Timide, hypocondriaque, Zeno est assez mal dans sa peau. Aldo ne peut s'empêcher de se comparer à lui. Il demande à Caterina ce qu'elle en pense.

« Mais tu plaisantes, c'est un vieil homme qui a épousé la sœur de la femme qu'il aimait.

— Tu as raison. Il est mieux que moi ! Lui au moins il a aimé, il a vécu. Moi, rien !

— Aldo, personne ne t'empêche d'aimer. »

Aldo a noté une phrase du roman : « Je n'étais pas tranquille. Peut-être est-ce mon destin de ne l'être jamais. » Et si c'était la même chose pour lui ? Il n'était pas en paix, pourtant sa vie était une page quasi vierge.

Caterina lui parla de la bibliothérapie, elle avait lu qu'on soignait par la lecture, c'est peut-être ce que cette femme tentait de faire avec lui ?

« Tu sais comme on s'abstrait de ce qu'on est quand on lit et comme à la fois on est profondément soi-même ? Eh bien c'est cela, le sommeil. Les livres, ce sont les rêves que quelqu'un d'autre nous prête.

— Mais enfin, elle ne sait rien de moi. Pas que je ne dors pas. Pas que j'ai peur. Rien.

— Peut-être qu'elle veut que tu ouvres les yeux. Sur quelque chose qui est juste en face de toi, tu connais l'expression, *sous tes yeux !*

— Mais moi je cherche à les fermer...

— Justement... Pourquoi ? Que ne veux-tu pas voir, pas admettre ?

— C'est trop compliqué pour moi, Caterina ! Je ne comprends déjà pas les sous-entendus après une nuit de sommeil, alors là ! »

Après le travail, Aldo se précipita au café Nube comme il put, car il lui arrivait de se cogner à des réverbères. Il demanda à Mauricio qui était cette jeune femme et comment la contacter. Elle lui avait justement laissé une carte postale. Aldo la saisit le cœur battant, il y était écrit : « Six mois loin d'ici, vos cafés me manqueront, j'ai emprunté votre disque de jazz, je vous laisse mon livre en otage. »

Aldo pensa que son dernier espoir s'envolait. Il remonta chez lui et fixa le plafond, effondré. « Pourvu que le sommeil ou le lustre me tombent dessus ! » se disait-il. Le téléphone sonna. Caterina aimait laisser les lumières de Noël allumées jusqu'en mars et ne sortait son sapin qu'une fois qu'il était jaune et dénudé de la plupart de ses épines. Ça rendait fou son mari qui rentrait le lendemain et elle aurait voulu que tout soit parfait. Alors, elle avait appelé Aldo à l'aide pour déplacer l'arbre mort.

À peine eut-il franchi la porte que Caterina comprit. La perfection était là, simplement quand ils étaient ensemble, malgré le sapin à moitié nu et les miettes des gosses sur le canapé. Elle ne savait pas comment l'exprimer autrement qu'en un sourire, certaine qu'une évidence se partage et que malgré ses nuits sans sommeil, Aldo devait ressentir la même chose. Lui, la vit différemment ce soir-là, elle portait un simple jean et un tee-shirt, ses cheveux attachés par un crayon à papier, elle avait les pieds nus. Des pieds délicats qu'il n'avait jamais regardés avant. Il se dit qu'elle était jolie. Elle lui proposa une tisane car il ne pouvait boire de théine ; c'était encore trop fort pour lui ! Ils s'en amusèrent.

« Une camomille, grand-père ? »

Elle partit s'affairer dans la cuisine avec ses jolis pieds nus. À ce stade, une forme de réflexion avait quitté Aldo qui vivait dans ses sensations. Il ne se dit rien mais se sentit bien, lové dans ce canapé de velours bleu aux coussins râpeux. Il s'enfonça un peu plus profondément et regarda la pièce, les photos de Caterina, les enfants qui grandissent de clichés en clichés, l'amour qui diminue. Il pensa : « J'aimerais vivre dans une maison comme celle-là. » Une bougie brûlait sur la table basse, ça sentait l'herbe coupée. Au loin, Aldo entendait la bouilloire, Caterina qui sifflotait. Elle ajouta des fleurs sur le petit plateau, vérifia dans le miroir du couloir si le crayon noir sous ses yeux n'avait pas filé. Quand elle arriva avec la tisane et une assiette de biscuits, Aldo dormait profondément. Elle comprit alors qu'il l'aimait.

FINALE

J'ai reconnu son poing sur le bois de la porte, comme on reconnaît une voix. Pourtant, il est rare que Mauricio monte me voir à la maison. Nous nous sommes assis sur les deux chaises désassorties à côté de ma table en Formica. Parfois je la transporte sur le petit balcon mais depuis quelque temps, je n'ai plus le courage. La journée il fait trop chaud, le soir un peu frais, et les pigeons veulent souvent une part de mon dîner. La table trône dans mon salon qui est aussi ma cuisine et ma salle à manger. Mes placards sont vides. Je ne sais que lui proposer, j'ai si peu de visiteurs. Je n'ai pas de machine à faire du café, même pas de petite cafetière en inox à mettre sur mes plaques de cuisson. Je ne bois de café qu'en bas, au Nube. Je le dis à Mauricio en m'excusant de ne pouvoir lui en offrir une tasse et ça le fait rire. Je sors deux verres dépareillés, on se contente de l'eau du robinet. Il y a du silence. Je réalise qu'il n'est presque jamais venu ici. C'était l'appartement de son grand frère avant qu'il ne parte vivre en Afrique sans jamais revenir, il y a peut-être trop de souvenirs, il semble mal à l'aise, il regarde ses chaussures. Je sens qu'il a une chose importante à m'annoncer. J'espère qu'il n'est pas malade. Je me dis qu'il ne faut pas parler, qu'il faut me retenir, que ça doit venir de lui mais :

« Tu es malade, Mauricio ?
— C'est pire.
— Tu es mort ?
— Pire encore. »

Nous sourions mais je demande ce qui est pire.

« J'ai vendu le café », me dit-il.

Il le répète, à mon intention, comme si j'avais le droit de penser quelque chose de sa décision. Et ça me touche.

« Le café et l'appartement. Les deux étages. J'ai tout vendu. »

Je ne sais si je suis supposé me réjouir pour lui.

« Ah ?

— Oui. À des cons de Rome. Des cons qui veulent faire un hôtel. Un boutique hôtel, ils appellent ça. Ils ont des investisseurs américains. Ils m'ont proposé beaucoup d'argent. Je n'ai pas pu refuser.

— Et je dois partir quand ?

— Dans le mois Jacques, dans le mois car nous n'avons jamais signé de bail, toi et moi. Officiellement tu es de la famille. Je ne peux pas leur opposer de papier.

— Je vois.

— Tu es de la famille. »

On sirote les verres d'eau. On regarde ailleurs.

Les toits de Naples prennent soudain un relief inattendu, voilà ma ville qui m'abandonne. Je la vois avec des yeux neufs, moi qui ne la regardais plus, comme on redécouvre le visage des gens qui nous quittent. Je me suis senti à la fois en vie et de passage dans cette cité d'éternité. Aucun autre lieu au monde n'aurait pu autant adoucir ma peur de mourir et reléguer mon existence au second plan sans que cela n'ait de gravité.

« Tu quittes l'appartement, mais Naples est encore chez toi Jacques », dit-il comme si je pensais à haute voix.

Mes mains, leurs rides, les veines apparentes, je les fixe et elles tremblent.

« Je ne crois pas, non. Il est temps de faire le chemin du retour. De laisser la terre de mes ancêtres finir le travail.

— Tu sais, il existe une tradition napolitaine qui s'appelle le café de la consolation. Quand on veut réconforter une famille d'un deuil, on lui offre un sachet de grains de café. Je t'en monterai, plus tard.

— Personne ne va mourir ce soir, Mauricio.

— Non, mais si tu rentres en France, nous reverrons-nous en vie ? »

Dans la pudeur qui nous caractérise, nous avons baissé la tête et souri à ces mots. Il attendait le temps qu'il fallait pour se lever sans me blesser. Je sentais que tout lui était douloureux.

« Et toi ? Toi, tu vas aller où, Mauricio ?

— Avec tout ça, les enfants veulent vivre à la campagne, tu comprends ? Cet enfermement, la mort de Maddalena… Je ne peux plus vivre seul. Je vais partir avec eux. Le mari de ma fille a une jolie maison dans les Pouilles.

— Tu leur feras le café ?

— C'est ça », sourit-il mais je compris qu'il allait rejoindre sa femme à sa façon. Se rapprocher de la terre pour s'y mêler bientôt. Nous sommes faits de boue, de sang et de boue. Nous sommes faits de timidité et de merde. Nous sommes faits d'espoir, de révoltes, de silences et de haine. Le grand-père de Mauricio lui disait qu'il avait le cœur mou, il y a des gens stupides qui prennent cela pour un défaut.

« Nous n'irons jamais sur l'île de Procida.

— Ni à la Playboy Mansion, mon Jacques.

— Vies ratées. »

Rires.

« Je vais t'apprendre une dernière chose sur Naples. Sais-tu ce qu'est le Munaciello ?

— C'est un dessert ?

— Ce sont des esprits qui vivent dans nos maisons. Le Munaciello peut apporter la chance ou la poisse. Il porte un habit de moine, il est moche. La légende veut qu'il soit le fils difforme d'une femme qui a aimé un homme sans l'accord de son père, tu sais comme l'avis des parents est sacré chez nous les Napolitains ! Le Munaciello passe par la tuyauterie pour voler des objets mais il est aussi connu pour laisser des pièces d'or dans des coins cachés de la maison. Il n'y en a pas dans ton appartement, Jacques ?

— Je ne crois pas, non. Je ne crois pas, Mauricio. »

Il m'a abandonné dans un silence tranchant. La nuit est tombée en cachette. Les yeux saturés, mes larmes qui s'éparpillent, je ne sais plus quel pays est le mien. Quand on est immigré où qu'on soit, on a abandonné une partie de ce que l'on est et on n'appartient pas complètement à ce que l'on vit. Jamais chez soi, toujours en soi, à chercher si un jour on pourra poser notre sac pour de bon. Je pense qu'en abandonnant son pays, on ne trouve plus jamais la paix.

Aucun meuble ne m'appartient. Je sors ma vieille valise du placard. Je n'attendrai pas un mois. Je ne ferai pas d'adieux. Je n'en ai pas la force. Je vais dormir quelques heures et à mon lever, je demanderai à Chen de m'accompagner à l'aéroport dans son automobile neuve ou bien je prendrai un taxi anonyme pour que ma vie défile dans l'autre sens. J'aime les boucles.

Ma gorge m'a réveillé la première, comme si elle saturait longtemps avant mon nez de cette odeur de beurre cuit mêlé au cacao. Seuls des pains au chocolat français pouvaient avoir ce parfum entêtant écœurant délicieux. La nuit n'avait pas encore quitté la ville, le soleil arrivait doucement. Je ne parvenais pas à repérer la provenance du parfum. Je me suis levé, emmêlé dans mes souvenirs d'enfance, et la fournée des croissants avait disparu, obsédante maintenant. La France me rappelait à elle de son mieux. Alors que j'allais fermer la porte de l'appartement pour la dernière fois, je vis briller une pièce d'or dans l'angle du salon. Je m'avançai pour la récupérer, pensant que j'avais eu de la chance de connaître si bien le Munaciello.

Il est tôt, je n'ose pas taper à la porte du cabinet de Chen, alors j'ai sorti mon carnet et je lui ai griffonné un panda qui gesticule la patte en guise d'au revoir. Je quitte la ville, Arrivederci ma vie entière !

Je monte dans un taxi, vitre baissée, mon visage dans le rétroviseur. Qui suis-je aujourd'hui ? Suis-je si différent du jeune homme amoureux qui est arrivé il y a si longtemps ?

Des êtres que j'ai aimés, j'ai gardé en mémoire la cambrure de Monica, les yeux d'Alessandro, la façon qu'Artico avait de me prendre par la main et de me faire croire qu'il m'emmenait dans un monde auquel j'étais seul à avoir accès. Le parfum de l'un, le visage de l'autre balayé par ses cheveux dans le vent salé de sa décapotable, une façon frondeuse de lever le menton avant de rire, une bouche qui retient la fumée de chaque latte de cigarette comme un dernier baiser, et je me sens la somme de tous mes désirs, je me suis enfanté à chaque nuit d'amour et grimé de leurs apparats, j'ai pu peu à peu regarder celui que je suis dans la glace. Mais les matins de silence, de pas discrets, de portes claquées avant le jour, c'est eux qui prenaient le crédit et moi les coups dans le ventre. J'ai aimé à tort et à travers, mais ai-je jamais été aimé en retour ? J'ai un bout de cœur malade comme un bout du monde entier, un chagrin qui se balade de mes rêves à mes regrets. Cette nuit est comme un grand cœur qui bat pour la dernière fois.

Je laisse Naples alors que l'aube n'a pas encore vraiment éclairé le ciel. Comme un homme fuit son foyer protégé par la nuit. J'ai le sentiment de ne pas pouvoir lui dire au revoir. Je ne reconnais que les lumières des paquebots immenses qui me faisaient rêver dans ma jeunesse et ils me pétrifient désormais, comme ce retour dans un pays qui sera mon linceul. L'écrivain sans visage avait raison, j'en veux à Mauricio. Il m'a offert le luxe de pouvoir travailler peu, de faire partie d'une famille confortable, de vivre sans obligations réelles. Et je m'aperçois aujourd'hui que j'étais un fonctionnaire au service de ma liberté. Que nous sommes tous en prison quelle que soit celle qu'on se choisit. La peur, l'urgence m'auraient peut-être obligé à devenir l'artiste que j'ai laissé paresser. Que vais-je faire pendant ces quelques années qui me séparent de la mort ? Où vais-je dormir, aimer, manger ?

J'attends le premier vol, j'ai trois heures devant moi pour boire un dernier café napolitain, la seule chose que j'ai gardée est mon carnet, ex-voto qui m'ouvrira peut-être les portes du paradis ? Je marche dans l'aéroport glacial. Les gens sont masqués et ne se regardent pas. Tous semblent en transit dans un monde étroit, le cou baissé sur un écran qui feint un rapport aux autres. Nous sommes devenus des abstractions sans relief. Alors je suis seul, à nouveau, comme je suis arrivé. Je n'ai plus rien à écrire, plus rien à dessiner que des paupières fermées, des visages cachés pour nous sauver la vie. Mais avec la fin des liens, la mort est entrée dans le monde moderne bien avant le virus. Il ne fait que nous achever. J'avance en ligne, je montre mes papiers, mon test, ma déclaration de santé. Les voyages ont perdu leur romantisme, le monde est une boutique de souvenirs suggérés, de moments qu'on n'a jamais vécus.

Au-dessus de Paris, il y a des nuages en tas, agglomérés les uns contre les autres comme je les voyais enfant lorsque je délirais. Je ne reluquerai pas Paris d'en haut, simplement le souvenir de mes nuits de fièvre. Je pense parfois que si j'avais fait les bons pas sur ce sol de marbre noir et blanc, les bons pas comme on fait les bons mouvements aux échecs, alors ma vie entière aurait été différente. Monica m'aurait accueilli dans un éclat de joie. La ville de Naples n'aurait pas tremblé. Oui, je pense que le monde entier est lié à moi comme je suis lié à lui, qu'il suffit d'une personne dont le corps balance du mauvais côté pour que nous tombions tous dans le vide sans pouvoir ralentir.

J'ai toujours su qu'il y avait une différence entre celui que je suis et celui que je suis quand j'écris, les battements de mon cœur comme l'écorce qu'est ma peau ne m'ont jamais laissé être mon moi profond. Quand l'ai-je été alors, si je ne l'ai jamais été ? Sans doute en regardant passer les vies au café Nube. De tasses offertes en tasses reçues, mon empathie m'a autorisé à être Jacques Madelin.

Mon histoire, je ne l'ai vraiment vécue qu'à travers celle des autres. J'espère qu'avec ces quelques traits de mon existence et les destins que je vous ai racontés vous me connaissez un peu mieux.

Il y a les gens heureux et ceux qui créent. Je n'ai pas eu la vie que j'imaginais mais mon cœur s'est senti à sa place au fond de ce café, penché sur mon carnet. Alors, si vous en avez les moyens, je vous encourage à laisser ce récit dans une chambre d'hôtel, un wagon de train ou un banc pour qui ne pourrait pas s'offrir un livre. Un roman suspendu.

Composition et mise en pages
Nord Compo à Villeneuve-d'Ascq

Cet ouvrage a été achevé d'imprimer
par CPI Firmin-Didot au Mesnil-sur-l'Estrée
pour le compte des éditions Grasset
en avril 2022.

PAPIER À BASE DE
FIBRES CERTIFIÉES

Grasset s'engage pour
l'environnement en réduisant
l'empreinte carbone de ses livres.
Celle de cet exemplaire est de :
700 g éq. CO_2
Rendez-vous sur
www.grasset-durable.fr

N° d'édition : 22452 – N° d'impression : 169345
Dépôt légal : mai 2022
Imprimé en France